神去《かむさり》なあなあ日常

三浦しをん

徳間書店

神去なあなあ日常

目次

一章 ❖ ヨキという名の男

神去村《かむさり》の住人には、わりとおっとりしたひとが多い。一番奥まった神去地区のひとたちとなると、なおさらだ。

彼らの口癖は「なあなあ」で、これはだれかに呼びかけているのでも、なあなあで済ませようと言っているのでもない。「ゆっくり行こう」「まあ落ち着け」ってニュアンスだ。そこからさらに拡大して、「のどかで過ごしやすい、いい天気ですね」という意味まで、この一言で済ませちゃったりする。

道で住人同士が、

「なあなあな」(いいお日和ですね)

「ほんにな」(本当ですね)

「あんたとこのひとは、もう山へ行きんさったかな」(お宅の旦那さん、もう山仕事へ行きましたか?)

「今日は近場なもんで、昼からなあなあやちゅうて、まだずらついとる。掃除機かけられんで、かなんな」(今日は近くの山なので、昼からゆっくり行くと言って、まだ家でごろごろしています。掃除機がかけられないので、困ります)

と立ち話をしていたりするが、最初はなに言ってんだかよく聞き取れなかった。

神去村は三重県中西部、奈良との県境近くにあるので、住人は基本的に西のアクセントでしゃべる。語尾には「な」がつくことが多い。これがまた、人々の言動をおっとりさせる原因だと思う。

「おまえ、腹痛《はらいた》は治ったんな」

「うん」

「食い過ぎやったとな」

「たぶん、そうな」

などと言っているのを聞くと、本当に気が抜ける。

もちろん、いくらおっとりしていても、たまには激昂《げっこう》することもあるわけで、そういうときは語尾の「な」のまえに、さらに「ねぃ」がつく。

「一年生は、大人がついとるときしか川遊びしちゃあかんて言うとるねぃな！　今度やったら、シンから（本気で）怒るねぃな！　河童《かっぱ》も尻子玉《しりこだま》盗りにくるねぃな！」

と、直紀《なおき》さんが小学生を叱《しか》っている場面を目撃したことがある。ナ行が多いので、やっぱりどうものんびりした響きに聞こえた。直紀さんが何者なのかについては、ま、おいおい説明する。

それにしても、ガキへの脅《おど》し文句に「河童」を使うって、すごくねえ？　尻子玉ってなんだよ。俺のケツには、そんなものついてねえよ。ガキはガキで、「河童、こわいから好かん。もうせんよって、堪忍《かんにん》なぁ」って、まじでびびって泣いてたし。どんだけ純朴なんだ。日本昔話の世界だ。

　生まれ育った横浜を離れ、神去村の神去地区に住むようになって、そろそろ一年が経つ。この一年にあったことを、書き留めておこうと思い立った。神去の暮らしは、俺の目にはめずらしいものに見える。なによりも住人がおかしい。おっとりしているようで、静かに破壊的言動を取ったりする。

　今後もうまくやっていけるのかどうか、それはまだわからないけれど、とにかく書いてみる。ヨキの家で埃《ほこり》をかぶってたパソコン、電源入れたらちゃんと動いたし。でも、ネットには接続されてないんだよなあ。ヨキは家では黒ジコ電話を使ってるし（俺、村に来てはじめて実物見た）、第一、どの部屋にもケーブルの差しこみ口自体が存在しない。こんな状態で、なんでパソコンだけ買ったんだろ。好奇心かな。買ったはいいけど説明書を読むのが面倒になって、放置していたにちがいない。

　ヨキが何者なのかについては、ま、おいおい説明する。

　長い文章なんて書いたことないが、記録すれば俺の心もなあなあ（落ち着く）だろうし、気持ちの整理になると思うんだ。冬のあいだは仕事もそんなに忙しくないから、書く時間はたくさんある。

　神去の住人が「なあなあ」を大事にしているのは、百年単位でサイクルする林業をやってるひとが多いこと、夜に遊ぶ場所もなくて暗くなったら寝るしかないこと、この二つの理由によると思う。あくせくしたって木は育たないし、よく寝てよく食べて、明日もなあなあで行こう。

そう思ってるひとが多いみたいだ。

俺もこのごろでは、語尾に「な」が自然につくようになってきた。でも、住人の会話をうまく書き取るほどには、神去弁に慣れていない。住人は本当は、しじゅう神去弁でしゃべっているのだと思って読んでほしい。

といっても、これをだれかに見せるつもりはまったくないんだけど。ちょっとかっこよくないか？　読者がいるつもりになって、「神去弁でしゃべっているのだと思って読んでほしい」とか書くの。……べつにかっこよくないか。

とにかく気の向くままに、一年間に起きたことを書いてみることにする。みんなも気楽に読んでくれ。みんなってだれだよなあ、へへ。


高校を出たら、まあ適当にフリーターで食っていこうと思っていた。

俺の成績はよくはなかったし、勉強も全然好きじゃなかったから、親も先生も「とりあえず大学に行っておけ」と勧めたりしなかった。かといって、ちゃんと会社に就職するのも気が進まない。この若さで人生決まっちゃうのかと思うと、なんつうか暗い気持ちになる。

それで俺は、高校の卒業式当日まで、コンビニでバイトしながらだらだら過ごしていたんだ。このままじゃまずいよなあとか、ちゃんと働かないで将来どうすんだとか、自分でも思ったしまわりにも言われた。でもさ、何十年もさきの「将来」なんて、全然ピンとこないじゃん。だから、なるべく考えないようにしてた。そのときの俺には、やりたいことなんかなかったし、やりたいことが見つかるとも思えなかった。わかってるのはそれだけで、卒業式の翌日からも、変わり映えのしないだらだらした毎日が過ぎていくんだろうなと思っていた。

ところが、式を終えて教室に戻ったとたん、担任の熊《くま》やん（熊谷《くまがい》先生）が言った。

「おう、平野《ひらの》。先生が就職先を決めてきてやったぞ」

だれもそんなこと頼んでない。「はあ？」っつったよ。「なんだそれ、冗談じゃねえよ」って。

そしてほんとに、冗談じゃなかったんだ。

熊やんに引きずられて家まで帰ると、母ちゃんはさっそく、俺の部屋に自分の持ち物を運び入れていた。通販で買った使ってない健康器具やらなんやらだ。

「着替えや身のまわりの品は、神去村に送っておいたから。みなさんの言うことをよく聞いて、頑張るのよ。あ、これはお父さんから」

神去村ってどこだよ。会社に出勤した親父からだという白い封筒を渡され、わけもわからないまま家から叩《たた》きだされた。封筒には「餞別《せんべつ》」と書いてあって、なかに三万円が入っていた。

三万でどうしろっての！

「ふざけんな」

って、俺は怒鳴《どな》った。「横暴だろ、なんでいきなり」

「『月だけが眠らない』」

と、母ちゃんは手にしたノートを開いて読みあげた。「『窓から俺の心を覗《のぞ》く』」

それ、『俺詩集』！　声にならない叫びを上げて飛びかかる。くそー、机の引き出しに隠しといたのに、勝手に開けたな！

「返せよ！」

「やだ。これをコピーしてあんたの友だちに配られたくなかったら、おとなしく神去村に行きなさい」

感じやすい十代の息子に向かって、なんという仕打ち。血も涙もない鬼母《おにはは》だ。いま思い返しても腹が立つ。

「なるほど、月だけがなあ。眠らないのか」

熊やんが笑った。「いや、大丈夫だ。先生だれにも言わんから」

人類なんて滅びちゃえばいいのに。母ちゃんの陰謀にはまった俺は、すごすごと家を出ていくしかなかったんだ。

親父の給料が減ったとかで、母ちゃんは俺に早く独立してほしがっていた。ちょうどそのころ、近所に住む兄貴夫婦に赤ん坊が生まれたのもまずかった。母ちゃんははじめての孫に夢中で、俺なんかそっちのけだったもんな。親父はもとから母ちゃんの言いなりだし。あの調子じゃ、親父が家から叩きだされる日も近いかもしれない。

熊やんが新横浜駅まで見送りについてきて、俺を新幹線に押しこんだ。神去村への行きかたを書いた紙を俺の手に握らせ、

「一年間は帰ってこられないぞ。体に気をつけて、しっかりやれ」

と言った。

しばらくしてから知ったことだが、俺は林業に就業することを前提に、国が助成金を出している「緑の雇用」制度に勝手に応募されていたのだった。基本的には、山村にＩターンやＵターンするひとの再雇用を支援する制度なので、俺みたいな新卒は例外中の例外だ。役所が例外を認めるほど、林業は人手不足らしい。

研修生を受け入れた森林組合や林業会社には、最初の一年間は、研修生一人につき三百万円の助成金が支払われる。もちろん、山仕事をまるで知らない研修生と、その教育を担当するひとの人件費、機材費なんかがかかるから、三百万では足りないぐらいだ。

でも、若者が少ない山村では、やっと林業の後継者志望が現れたと、研修生を受け入れて熱心に指導してくれる。逃げられない。助成金の三百万と、村人の喜びと熱意をまえにして、「やっぱりやめます」とは人情として言いにくい。

名古屋で新幹線を降りた俺は、近鉄に乗り換えて松阪まで行き、そこから聞いたこともないローカル線に揺られて、山の奥へ奥へと入っていった。あいかわらずわけがわからないままだし、だまされたような形で急に家から放りだされ、心細く悔しくさびしかったが、まあとりあえず、紙に書かれた場所へ行ってみようという軽い気持ちでいた。旅行気分だった。

途中までは、携帯電話から友だちにメールを送って時間を潰《つぶ》した。

「なんか、神去村とかいうとこへ行けって、熊やんに突然言われたんだけど」

「まじで!?　なにそれ、超うける」

そのうち圏外になった。圏外！　信じらんねえ。ほんとに日本か、ここ。メールするのを諦《あきら》め、窓から外を眺めた。

ローカル線は一両だけで、パンタグラフもついていない。当然、送電線もない。電車だと思って乗ってたけど、バスなのかな。でも線路のうえを走っている。ますますわけがわかんねえ。車掌はいなくて、運転手が降りる客から切符を回収した。客といっても、最初から俺を含めて四人しかおらず、しまいにはミカンをむしゃむしゃ食べてるばあさんだけになった。そのばあさんも、俺が降りる駅の一個手前でよろよろ降りていった。

バスだか電車だかわからないローカル線は、沢沿いの山腹を走った。沢は上流に行くにつれどんどん澄んでいく。こんなにきれいな川ははじめて見るなと思った。山は見る間に迫ってきて、とうとう山だと認識できないぐらいに山肌が接近した。

山々のまっただなかを電車で走ると、森を走るのとほとんど変わらない光景になる。薄く雪の積もった山肌は、どこもかしこも杉の木で覆いつくされていた。本当はヒノキも混じっていたんだが、俺はそのときはまだ、杉とヒノキの見分けがつかなかった。

あたたかくなったら、このあたりに住むひとは花粉症で大変だろう。

そんな呑気《のんき》なことを考えてるうちに、終点の駅に着いた。小さな無人駅で、ホームに降り立つと空気が湿っぽく寒かった。もうすっかり暗くなっていて、あたりに人家も見あたらない。隙間《すきま》なく重なりあう山のシルエットも、すぐに闇に沈んでしまった。

どうしたもんかと、古い駅舎の外で突っ立ってたら、白い軽トラックがパッシングしながら山道を下りてきて、俺のまえに停まった。運転席から現れたのは、ガタイのいい男だ。ちょっとびびった。短髪を鮮やかな金色に染めていて、まるっきりチンピラみたいだったからだ。

「平野勇気《ゆうき》って、あんたか」

「はい」

「ケータイ持ってるか」

「持ってますけど」

ジーンズのポケットから携帯を出したとたん、男に奪い取られた。

「ちょっと！」

つかみかかったんだが、男の動きのほうが速い。携帯からはずした電池パックを、茂みのほうへぶん投げた。沢に落ちたらしく、「ぽちゃん」とまぬけな水音がした。

「なにすんだよ、あんた！」

「なあなあ。どうせ圏外や、必要ないやろ」

犯罪だろ、これ。むかついたし、にやにやしてる得体の知れない男が気味悪かったので、俺は駅舎へ取って返した。こんなとこにはいられない。帰る。

でも、松阪行きの電車はもうなかった。終電が午後七時二十五分って、やる気あんのか。途方に暮れて駅舎から出ると、男はまだもとの場所に立っていた。

「乗れ」

軽くなった携帯を返してくれながら、男は言った。「はよせえ。荷物は」

当面の着替えを入れたスポーツバッグがひとつだけだ。男はスポーツバッグを勝手に軽トラの荷台に投げこみ、顎《あご》をしゃくった。三十歳になるかならないかぐらいだろうか。強靭《きょうじん》そうな筋肉質の体で、そのうえ敏捷性《びんしょうせい》も兼ね備えていそうだ。他人の電池パックをいきなり投げ捨てる凶暴さからしても、逆らわないほうがいい。

どっちにしろ、朝になるまで身動きは取れないんだ。山奥の駅舎で寝て、野犬に噛《か》まれるのはいやだ。俺はもう開き直ることにして、軽トラの助手席に座った。

「飯田与喜《いいだよき》だ」

と男は言った。運転中、男が発した言葉はそれだけだった。

さらに山の奥を目指し、軽トラックはカーブした細い道を一時間ほど走った。標高が上がって、耳がツンとした。男の運転は乱暴で、カーブのたびに体が振りまわされる。少し酔った。集会所のような建物で、俺はスポーツバッグと一緒に軽トラから放りだされた。男は軽トラに乗って去っていき、俺は待ちかまえていたおじさんに鍋をごちそうになった。

「ししな」

と、おじさんはにこにこ言った。猪鍋《ししなべ》だったのだ。

宿直室みたいな四畳半の部屋に、布団を敷いてもらった。おじさんは帰ってしまい、その建物にいるのは俺一人になった。川の音と、山の木々が風にこすれる音しかしない。恐ろしいほど静かだ。窓ガラスにそっと額《ひたい》を押しつけて外を眺めたが、ただ黒く塗りつぶされているだけで、景色はなにも見えなかった。四月も近いってのに、底冷えする寒さが押し寄せてくる。

廊下にピンクの公衆電話があったので、家にかけてみた。

「あら、勇気。無事についた？」

母ちゃんのうしろで赤ん坊の笑い声がする。兄貴夫婦が遊びにきているようだ。

「うん。猪《いのしし》の肉を食べた」

「いいわねえ。お母さん、食べたことない。おいしかった？」

「うん。つうかさあ、なんなんだよ、ここ！　俺、ここでなにをやらされんの？」

帰りてえよ、と言いたかったが、意地で飲みこんだ。

「なにって、仕事でしょ」

「どんな」

「まあ、あんたに就職先があったってだけで奇跡なんだから。わがまま言わないで頑張りなさい。どういう職種でも、やってみなきゃ向いてるか向いてないかわからないものだし」

「だから、どんな仕事をさせられんの俺は」

「あらら、お風呂沸いたみたい」

わざとらしい言葉とともに、電話は切れた。ちくしょー、鬼母め。仕事の詳細を調べもしないで、俺を家から追いだしやがったな。

灯油ストーブをつけたまま布団にもぐりこむ。不安と混乱で泣きそうだった。一滴ぐらいは、実際に涙も出たかもしれない。

朝になって、そこが森林組合の事務所だとわかった。森林組合ってなんだろう。俺は事務員として雇われたんだろうか。謎はたくさんあったけど、とにかくその日から二十日ほどの研修がはじまった。

「山で起こりうる危険」や「山仕事用語」について、猪鍋をおごってくれたおじさんが講義した。チェーンソーの扱いかたも習った。「腰をもっと入れるねぃな!」「腕下がってきとるねぃな!」と怒られまくりだ。そのころには、どうやら俺は林業の現場に送りこまれたらしいと、ようやく事態が飲みこめてきた。

林業なんて、冗談じゃない。かっこわるい。そう思ったけれど、ローカル線が走ってる時間帯は、おじさんが張りついて離れない。それでも三回ほど、隙を突いて脱走を試みたのだが、ことごとくおじさんに見つかって阻止された。首根っこをつかまれ、森林組合の事務所に逆戻りだ。おじさんの腕はものすごく太い。山で雄猪を投げ飛ばしたこともあるらしい。

おとなしく研修を受けるしかなかった。いずれ訪れるだろう脱走のチャンスを、俺はひそかにうかがっていた。

「いろんな資格は、中村さんとこで取らしてもらえばええわな」

と、おじさんは言った。「気張《きば》りんさいな」

中村さんってだれだ。なにも説明はない。

森林組合での二十日間の初期研修が終わった日、再び飯田与喜が軽トラで迎えにきた。俺は軽トラに乗って、沢沿いをさらに上流へつれていかれた。おじさんは森林組合の建物の戸口に立って、いつまでも手を振った。ドナドナの気分だ。

チェーンソーの扱いを練習しつづけたせいで腰が痛く、掌《てのひら》にはマメができていた。全身筋肉痛で、がに股でしか歩けない。研修を受けただけでわかる。俺は林業には向いてない。でも、「帰らせてくれ」とは言いだせなかった。逃げられそうな雰囲気でもなかった。ヨキは運転席で、むっつりとハンドルを握っている。

森林組合の事務所があったのは、神去村の「中《なか》」という地区だった。俺がヨキの運転でつれていかれたのは、そこからさらに車で三十分弱かかる、村の最奥部にある「神去」という地区だ。

神去地区は山に囲まれた小さな集落で、平坦な土地がほとんどない。神去川沿いに、数十軒の家がぽつぽつとあり、百人ぐらいが住んでいる。家の裏手の小さな畑で、家族で食べるぶんだけの野菜が育てられている。川べりのわずかな平地を利用して、水田が拓《ひら》けている。

住人の大半は六十歳以上だ。生活用品を売っている店は一軒しかない。郵便局も学校もない。切手を買ったり小包を出したりしたければ、手紙を配達しにくる郵便局員に頼む。宅配便は、中地区まで行って出すしかない。ちょっとした買い物をしたいときは、山をいくつも越えて久《ひさ》居《い》という町まで車で行く。

不便を絵に描いたような場所だ。

ヨキは狭い橋を渡り、一軒の家の庭先に軽トラを停めた。

「おやかたさんに挨拶《あいさつ》に行くで」

おやかたさん？　時代錯誤な言葉に驚いていると、ヨキはすぐに庭から出て、ゆるやかに傾斜する道を振り返らず歩いていく。あわててあとを追った。冬のように冷たい風が、山から吹き下りてくる。道の隅には雪が溶け残っていた。俺たちのほかには、だれも歩いていない。ただでさえ人口密度が低いうえに、昼どきだったせいだろう。

おやかたさんの家は、川から少し離れた高台に、山を背にして生えていた。まさに「生える」と言うにふさわしい、古くて重厚な日本家屋だ。やたらと広い前庭には、粒のそろった白い砂利が敷きつめられている。その一角に、一枚板のテーブルとベンチが置いてあった。大勢でバーベキューができそうなぐらい、でかいテーブルだ。ようやくたどりついた玄関には、これまた特大の表札が二枚かかっていた。一方には「中村」、もう一方には「中村林業株式会社」と書いてある。

それで俺は、おやかたさんというのが中村さんなのだとわかった。どうやら、これからここで働かされるらしいぞ。中村さんがどんなひとなのか、怖いもの見たさもあり、俺はおとなしくヨキに付き従った。

ヨキはブザーも押さず、玄関の引き戸を開けた。物音を聞きつけたのか、薄暗い家のなかから、五歳ぐらいの男の子が走ってきた。目がくりくりしていて色が白く、ほっぺたが赤い。男の子はうれしそうに、

「ヨキ！」

と両腕をのばした。ヨキは「よう、山太《さんた》」と言って、男の子を抱きあげた。

「清一《せいいち》おるか？」

「おる！」

ヨキは山太という男の子を抱えたまま、敷居をまたいで家のなかに入った。暗い通路を抜けると、広い土間と台所だった。土間にある台所ってのをはじめて見た俺は、めずらしさにきょろきょろした。むきだしになった太い梁《はり》は、黒く煤《すす》けている。天井板が貼ってある部分は、貯蔵庫がわりに使うらしく、木製の梯子《はしご》が立てかけられている。

古い家屋を観察する俺を、山太がヨキの肩越しに興味深そうに見ていた。目が合うと照れたのか、おでこをヨキの肩に押しつける。でもすぐにまた、おずおずと顔を覗かせて俺を見る。再び目が合うと、今度は山太は笑った。かわいいなと思った。

冷気を防ぐためか、土間に面した座敷は板戸が閉められていた。やはり黒光りしている。ヨキは片手で板戸を開け、土間から座敷へ顔をつっこんだ。

「おーい、清一。新米が来たぞ」

「ああ、上がってもらってくれ」

予想に反して若い声が答えた。ヨキにうながされ、靴を脱いで座敷に上がる。ヨキに抱えられたままの山太の靴は、俺が脱がせてやった。山太はくすぐったそうに笑い、畳に下ろされたとたん走った。

「山太、なあなあ」

山太が飛びついたのは、三十代半ばぐらいの男の膝《ひざ》だった。濃い茶の着物を着て、縞《しま》の丹前《たんぜん》を羽織って正座している。細面《ほそおもて》で、山太とちがって眼光が鋭い。

「ようこそ、平野勇気くん。これからよろしく」

と、男は言った。「中村清一だ。これは息子の山太」

中村林業株式会社で働くのは、すでに決定していることらしい。こんな山奥じゃ、ローカル線の駅に出るのだって難しい。どうすりゃいいんだ。とりあえず、勧められた座布団に腰を下ろした。ヨキは俺の隣であぐらをかいた。

勝手口が開く音につづき、

「あら、お客さま?」

と声がした。振り向くと、板戸を開けてきれいな女のひとがこちらを見ている。ぱっちりした目と肌の質感が山太そっくりだ。

清一さんが紹介した。「祐子、新入りの平野勇気くんだ」

「妻の祐子《ゆうこ》だ」

「はじめまして」

祐子さんは微笑《ほほえ》んで会釈《えしやく》した。どきどきした。横浜でも、いや、テレビのなかでさえ、めったに見ないほどの美人だ。急に、俺はどこに住むことになるんだろう、と気になりだした。中村さんちは広いみたいだし、もしかしてここだったりして。自分の意志とは関係なく就職先を決められつつあることも、その瞬間はどうでもいいやと思えたぐらいだ。

祐子さんがいれてくれたお茶を、みんなで飲んだ。山太とヨキは出された羊羹《ようかん》をすごい速さで食べた。

「いま、裏の茶畑を見てきたんだけど」

と祐子さんが言った。「雪でちょっと枝先がやられてた」

「今年はよく降るな。山はどうだった、ヨキ」

「西の山の中腹あたりが特にまずい。あのへんはまだ若い木が多いでな」

「じゃあ、明日は雪起こしだ」

清一さんが言うと、俺を除く一同はうなずいた。山太までがうなずいている。雪起こしってなんだろう。雪かきのことだろうか。それほど積もってはいないみたいだけど、と俺は思った。

清一さんから、給料は月給制であること、社会保障完備、勤務時間は原則として朝八時から夕方五時まで、現場がどの山かによって、そこまでかかる時間を考えて集合時刻が早められる場合があること、などの説明を受けた。ますます、「いや、俺は林業に興味ないんで」とは言いにくくなった。

しばらくのあいだ、ヨキの家に居候《いそうろう》させてもらうことになった。なんだ、清一さんの屋敷じゃないのか。がっかりした。玄関で祐子さんと山太に見送られ、俺とヨキは来た道を戻る。

「おまえ、まったくの初心者か」

とヨキが聞いた。俺はちょっとむっとして、

「森林組合でチェーンソーの研修を受けた」

と言った。ヨキは馬鹿にしたように鼻から息を吐いた。

「ふん、チェーンソーな」

なにが悪いんだよ。そのあとはどっちも黙りこくって歩いた。

ヨキは、さきほど軽トラックを停めた家に住んでいた。川の近くに三軒並んだうちの、真ん中だ。これまた古い農家のつくりで、清一さんの屋敷ほどではないけど、都会だったら「豪邸」と称されるな、というぐらい大きかった。

庭には赤い屋根の犬小屋があり、白いむく犬が小屋のまえに座っていた。俺たちの姿を見て、さかんに尾を振る。小屋には「ノコ」と書いた板が打ちつけてある。しかしノコの股間《こかん》は、どう見ても雄だ。雄なのにノコ。俺は首をかしげた。笑ったような顔をしているノコは、ヨキに頭を一撫《ひとな》でされて、気持ちよさそうに目を細めた。

玄関の引き戸を開ける寸前、「よけろ」とヨキが言った。そのとたん、開いた引き戸の隙間から茶碗が飛んできて、俺の頬《ほお》をかすめ、庭に落ちて派手な音を立てて割れた。

「どこ行っとったんねぃな！」

華奢《きやしや》で小柄な女が、土間に立ちはだかって待ちかまえていた。祐子さんとはタイプがちがうが、エキゾチックで人目を引く顔立ちだ。ものすごい田舎《いなか》なのに、この村は美人率が高いな、と思った。割れた茶碗が気になって、庭を振り返る。たまたま道を通りかかったじいさんが、俺たちと茶碗の破片を見比べ、「にやり」と笑った。仲裁するでもなく、そのまま向かいの家へ入っていってしまう。

この程度の喧嘩《けんか》は、いつものことなんだろうか。ヨキも平然とした態度だ。

「妻のみきな」

と俺に向かって言い、みきさんに向かっては、「中で寄り合いがあるって言ったやろ」と釈明した。

「そのあと、山を見まわっとった」

「寄り合いなんて、三日前の話やないの。そのあとずっと山を見まわっとったんねぃな？　冬の夜の山をずっとな？」

「んだ。夜は組合の事務所に泊まっとったんや」

嘘《うそ》だ。ヨキは泊まってなんかいなかった。でも俺はもちろん、黙っておいた。

「この、なまくら斧《おの》が！　うちはもう知らんねぃな！」

と、みきさんが怒鳴った。

「なあなあ」

ヨキは両手でみきさんをなだめる仕草をする。「今日から頼むわいな。平野勇気や」

話の矛先《ほこさき》がこちらに向いたので、俺はしかたなくまえへ出た。

「はじめまして」

みきさんはなにも言わず、奥の部屋へ身を翻《ひるがえ》した。

ヨキは、妻のみきさんと、祖母の繁《しげ》ばあちゃんと、三人で暮らしていた。繁ばあちゃんはしわくちゃの饅頭《まんじゅう》みたいに、茶の間にちんまりと座っていて、ヨキとみきさんの夫婦喧嘩にも全然動じていないようだった。俺は最初、ミイラの置物かと疑ったくらいだ。

「なあに、いつものことさな」

と繁ばあちゃんは言った。繁ばあちゃんは足腰が弱ってきているので、台所仕事ができない。

ヨキが土間に立って、夕飯の仕度をした。俺は茶の間で、繁ばあちゃんと向きあって座っていた。

「『なまくら斧』って言ってましたけど、なんでですか?」

「ふぇふぇ」

繁ばあちゃんは歯のない口で笑う。「ヨキちゅう名前は、わてがつけたんや。『斧』ちゅう意味や」

雄犬が「ノコ」なのは、ノコギリから名を取ったからかな、と見当をつけた。

ヨキと繁ばあちゃんと俺は、茶の間で夕飯を食べた。ご飯とタクアンとわかめのみそ汁だけだった。みきさんは奥の部屋から出てこない。

「怒ってるみたいだけど……」

「まだ大丈夫や。本当に怒ったら、実家に帰りよるけんな」

とヨキは言い、三杯もご飯を食べた。繁ばあちゃんも一回おかわりした。タクアンとみそ汁しかおかずがないのに、よくそんなに食えるなと感心した。

俺は先行きが不安でならなかった。凶暴な夫婦と死にかけのばあさんがいる家に住みこんで、林業をする。どう考えたって無謀だ。早く逃げだしたいが、駅は遠い。携帯はヨキのせいで使えない。金は三万ちょっとしかない。どうしたらいいんだろうと考えると、飯なんか一膳しか食えなかった。

繁ばあちゃんは週に二回、巡回してくるワゴン車に乗って、久居のデイケアセンターに行くのだそうだ。そこで風呂にも入っているから、今夜はもう寝ると言う。

「わてはもう、垢《あか》もよう出まへん」

ヨキに手を引かれ、繁ばあちゃんはトイレにほど近い六畳間に消えた。「はい、おやすみんさい」

五右衛門風呂の入りかたを教えてもらい、板に乗って湯に浸《つ》かった。縁の鉄の部分に触れたら熱いんだろうと思うと、体に無駄な力が入った。手足をのばすだけのスペースもない。しばらく湯のなかでじっとかがんでいた。ヨキが薪《まき》で焚《た》いてくれた風呂は、ガスや電気で焚く風呂よりも、お湯がやわらかい気がした。

俺のあとにヨキも風呂に入った。俺が、茶の間の次の間である六畳に敷かれた布団で休んでいると、隣の仏間から話し声がした。ヨキがみきさんに、風呂に入るよう勧めているらしかった。

「俺が追い焚きしてやるねんな、な?」

一生懸命に機嫌を取っている。みきさんがなんと答えたか聞かないうちに、俺は眠ってしまっていた。


山仕事はたいてい、四、五人が班になって行う。

中村林業株式会社の従業員は二十名で、村じゅうから働きにくる。主に、近隣の民有林の間《かん》伐《ばつ》などの依頼を引き受けている。それと同時に、おやかたさんである中村家が所有する山を、通年で手入れしていた。

俺はヨキと一緒の班になった。中村家の山を専門に手がけている班だ。そこなら、植えつけから搬出《はんしゅつ》まで、ひととおり経験できるから、ということだった。

メンバーは、ヨキ、清一さん、五十歳ぐらいの田辺巌《いわお》さん、七十四歳だという矍鑠《かくしゃく》たる老人、小山《こやま》三郎さんだ。巌さんと三郎じいさんも神去地区の住人で、子どものころから山に入っている強者《つわもの》だ。

仕事の初日、まだ暗いうちにヨキに叩き起こされ、俺は未練たらたらで布団から這《は》いだした。茶の間の卓袱台《ちゃぶだい》には、銀色に輝く三角形の物体が二つ載っていた。それぞれ三合ぶんの米を使って握ったのだろうと思われる、超特大のおにぎりだった。アルミホイルでくるんである。

「みきの機嫌が直ってきとるな」

ヨキはうれしそうだ。こんな風情《ふぜい》もへったくれもない、弁当とも言えない弁当なのに。しかしまあ、ありがたく特大おにぎりを抱え、お茶を入れた水筒も持って、軽トラックに乗りこんだ。ヨキによって、ノコも荷台に乗せられた。

軽トラは十分ほど集落の奥へ向かって走った。道はすぐに未舗装になり、家も見あたらなくなった。片側は沢につづく急斜面だ。道幅はどんどん狭まり、やがてドン詰まりに出た。ちょっとした広場状のスペースに、軽トラがすでに三台停まっていた。

そこからさきは徒歩で山を登るしかない。ノコは元気よく、下草のうえを飛ぶように斜面を駆けあがっていった。ヨキも平地を歩くのと変わらないペースで登っていく。息ひとつ切らさない。おにぎりを包んだ風呂敷を背負い、水筒を肩からさげ、片手には斧をぶらさげている。斧！　いまどき斧！

俺はチェーンソーを持ち、必死でヨキについていった。ヨキの腰には、美容師が身につけるような薄べったい道具入れのバッグが巻いてある。見ようによってはおしゃれと言えないこともないが、もちろんヨキは実用本位で使っているらしい。やすりらしき金属やら、なぜか短く切ったゴムホースの先端やら、得体の知れないものがバッグのポケットからのぞいていた。

森は鬱蒼《うっそう》と繁った杉のせいで薄暗い。

「このへんは、手入れが行き届ききってないんや」

とヨキは言った。無愛想だが、新入りを教育しようという気はあるらしい。

「本当にいい植林された山ってのは、もっと明るくて、太い木がぼんぼん生えとる」

俺は息切れして、なにも答えられなかった。遠くから眺めるのと、実際に登ってみるのとでは、山はまったくちがう顔を見せる。傾斜がものすごくて、足もと以外へ視線を移す余裕がない。ほとんど崖《がけ》に近いぐらいの急斜面もあって、そんなところにまで植林したやつは、ほんとに命知らずだと思う。植えるだけじゃなく、手入れして、育ったら切って運び下ろすんだよ？人間がまっすぐ立つのも難しい斜面なのに、信じらんねえ。

高所恐怖症じゃないはずの俺ですら、足場の悪さと高度に震えがきた。でも、こわがってると思われたくない。意地になって、ヨキにくっついていった。いくつか尾根を越える。谷には特に深く雪だまりができていた。斜面を歩いていると、たまに梢《こずえ》から雪が塊になって落ちてくる。そのたびに、俺はびっくりして首を縮めた。

やっとその日の作業現場に着いた。

清一さん、巌さん、三郎じいさんは、もうとっくに到着していて、俺たちが来るのを待っていた。巌さんは朗《ほが》らかに、「よろしくな、勇気」と言った。いきなり名前で呼ばれて、ちょっとたじろぐ。三郎じいさんは、

「昨日、ヨキとみきは派手にやらかしとったな。仲直りできたんか」

とにやにやした。それで俺は、「あ」と気づいた。向かいの家に入っていったじいさんだ。同じ班のメンバーのくせに、道から喧嘩を見物するだけなのか。止めてくれればよかったのに。そうすれば、夕飯がちょっとはましなものになったかもしれない。でもまあ、みきさんのあの剣幕だ。三郎じいさんの判断は的確ともいえる。これはだんだんわかってきたことなんだけど、三郎じいさんは山でも、危険を察知する能力に秀でたひとだ。やっぱり、長年の経験があるからかな。

「夜にちょっと話しおうて、わかってもろたわ」

ヨキは表情を変えずに答えた。夜の話しあいって、なんだよ。なんで俺はさっさと眠っちゃったのかなあ。もったいないことした。

清一さんが、「さて」とヘルメットをかぶった。

「雪起こしをする。このラインから谷に向かって横一列ずつ。はじめ！」

号令とともに山腹に散開する。巌さんと三郎じいさん、ヨキと清一さんが、二人一組で作業

するらしい。俺はヨキと清一さんの組につくことになった。ノコは応援のつもりか、二つの組のあいだを駆けまわった。

あたりの杉の木は雪の重みに耐えかね、大きく谷側にしなってしまっている。なかには、ほとんど斜面に接するほどしなっているものもあった。

「このままにしておくと、いびつに生長してしまって売り物にならないんだ」

と清一さんが説明した。「だから雪を払って、幹がまっすぐになるよう固定する。山のうえから横一線に作業して、一列終わったら、その下に植わった一列に取りかかる。そうすると作業効率がいいからな」

若い木といっても、すでに三メートルは樹高がある。いったいどうやって雪を払い、まっすぐな状態に戻して固定するのかと思っていると、藁《わら》を縒《よ》った縄を示された。

「これをまず、しなった木の、枝の付け根に結びつける」

ヨキが清一さんから縄の一端を受け取り、まだ細い幹のなかほどの枝に縄を結んだ。そこで清一さんが、手にした縄のもう一端を、腰を落としてぐっと引く。杉は梢をもたげた。

「ここで気をつけなきゃいけないのは」

と、清一さんは縄を引いた体勢のままで言った。「幹を垂直よりも山側へ引いては駄目だということだ。その角度で幹が固定されてしまうと、来年雪が積もったときに、幹が折れてしまったり、うまく雪起こしできなかったりして、被害が大きくなる」

清一さんは引いた縄の一端を、灌木《かんぼく》の根もとに結びつけた。杉は見る間に、まっすぐ斜面に立つ形に戻った。

「縄はそのうち腐って落ちるから、このまま放っておいていい。ただし、化学繊維が含まれたロープの場合は、次の冬が来るまえに全部ほどいてまわる必要がある。雪が積もってもしなることができず、木が折れるからな」

さあやってみろ、と言われて戸惑う。ヨキは次から次へと、斜面の杉に縄をかけてまわっている。ぐずぐずしていられない。清一さんの監督のもと、思いきって縄を引いた。

重い。細い木だし、ヨキに比べると力があるようには見えない清一さんがやすやすと起こしていたのに、びくともしない。

「もっと腰を落として。斜面に背中が接するイメージで、全身で引くんだ」

「ふぬっ」

と妙なかけ声が漏れ、やっと木が梢をもたげた。

「そのまま引いて。もうちょっとだ」

清一さんは、さきほど雪起こしした木の周囲を軽く踏みかためながら指示を寄越す。

「よし、いいぞ」

の声とともに、俺は力をこめたまましずしずと姿勢を変え、灌木の根もとに縄を結びつけようとした。結ぶことに神経を取られ、腕の力が少し弱まった。

とたんに木はもとどおりしなってしまい、俺は反動で斜面を転がり落ちた。

なにが起きたかわからず、死を覚悟した。ノコが吠《ほ》えるのが遠く聞こえる。斜面の下に生えた木に腰がぶつかってようやく、俺の回転は止まった。ぶつかった木に積もっていた雪が、衝撃で頭から降り注ぐ。ぬかるんだ土にまみれ、俺の作業着はあっというまに真っ黒だ。

「おい、大丈夫か！」

清一さんがあわてて駆け寄ってくるのが見えた。ヨキは、俺が無様《ぶざま》に腰をさすりながら身を起こすと、

「ぎゃははは」

とけたたましく笑った。なにごとかと、少し離れた場所で作業していた巌さんと三郎じいさんまで、駆けつけてきたほどだ。

「楽しそうやなあ、おい」

状況を見て取って、三郎じいさんがうらやましそうに言った。

恥ずかしさと痛みで半泣きになりながら、ほんとに帰りたい、と俺は思った。

春が近づいてから降る雪は湿って重い。

夜、布団のなかにいても、山の木が折れる音が聞こえてくる。パキン、パキンと、呆気《あっけ》ないほど鋭く澄んだ音をこだまさせるんだ。

それを耳にすると、たまらない気持ちになる。いますぐ山へ飛んでいって、若木を雪起こししてやんなきゃ。そんな、居ても立ってもいられない気持ちになる。

同時に、哀しくもなってくる。だって山には、数えきれないほどの木が植林されている。俺

のもたついた作業ぶりじゃ、雪の重みにひしゃげた若木をすべて起こすことなんて、何年かかったってできそうにない。

俺がしきりに寝返りを打っていると、トイレへ行くために部屋を横切るヨキは、

「なあなあ」

と必ず言う。「おまえがそわそわしたって、はじまらんわな。はよ寝え」

本当にそのとおりだ。

雪の重みで折れてしまう木が出てくることも、林業をやっていたら受け入れなければならない。すべての木が計画どおりに育つわけがない。雪で折れる木も生き物。それを防ぐために精一杯、的確に手早く雪起こししていく人間も生き物。鳴いたり動いたりしない木もたしかに生きていて、それと長い年月かけて向きあうのがこの仕事なんだってことに、俺は神去に来て一年経って、ようやく気づきつつある。

でも最初は、やっぱりそれどころじゃなかった。

山から響く木の折れる音を聞いて、哀しくはなった。でもそれは、「木が折れてる。どうしよう」って哀しみじゃなくて、「いやだなあ、また雪起こしだ」という、げっそりするような哀しみだった。

とにかく初日の一本目の木で、雪起こしに失敗したのが効いた。

斜面を派手に転げ落ち、ヨキに盛大に笑われた俺は、すっかり萎縮《いしゅく》してしまった。転がったさきで岩に頭でも打ちつけたら、死ぬかもしれない。足場の悪い斜面での作業がこわくてたま

らず、へっぴり腰でしか縄を引けなかった。

俺にできる仕事なんかないんだ。そう思うと悔しかった。無理やりこんなとこにつれてこられて、なんで恥をかかなきゃいけないんだ。やってられねえ、と腹が立った。でも実際のところ、なにもできないことが情けなかったんだ。悔しさも腹立たしさも、情けない自分から目をそらすために生まれてきた感情だ。

山仕事で集中力が途切れたら、命にかかわる。だから、だいたい二時間ごとにちょっと休憩を取り、昼ものんびり食べる。

俺たちは斜面に座って、弁当を広げた。雪解けとともに杉の苗を植える予定の、拓《ひら》けた場所だ。雪雲はまだ空を灰色に覆いつくしている。

「なあに、この季節はずれの雪も、もう終わりや」

と、巌さんは言った。「地《じ》ごしらえやら植えつけやらで、忙しくなるで」

「そやな」

と、三郎じいさんもうなずく。「雪起こしだけが山仕事やない。だから勇気、そんなにびくつくことはないわな」

俺は黙ってうつむいていた。俺の技術がちっとも向上しないせいで、班の作業効率は悪いままだ。だれも責めないのが、かえってつらい。なんとか、この村から逃げだせないもんかなあと、そればかり思った。でも、村から出ていく足がない。ヨキはぬかりなく、家では軽トラックのキーを隠していた。だいたい、俺は車の免許を持っていない。徒歩で神去から脱出するのは難しい。ヒッチハイクで駅までつれていってもらいたくても、村人には面が割れている。まさに八方ふさがりの状態だった。巨大なおにぎりにかじりつくあいだにも、パキン、とどこかで木の折れる音がする。ため息が出た。

「どうするんや」

三郎じいさんがヨキを小突く。「おまえが新入りをいじめるもんだから、すっかりいじけちまったねぃな」

「いじめてなんかおらん」

抱えたノコの首もとを掻《か》いてやりながら、ヨキは平然と答えた。ノコのふさふさした白い尻尾《しっぽ》が揺れて、俺の腕をはたいた。

清一さんはなにも言わなかったけど、このままではまずいと思ったようだ。雪がやみ、風にぬくもりが感じられる晴れた日に、

「今日は勇気は、山に行かなくていい」

と言った。「かわりに、屋敷林《やしきりん》の手入れをしてもらおう」

近場の山へ入る予定の日には、朝はまず清一さんの家に集合することになっている。作業の段取りを確認しあうためだ。庭にある大きなテーブルを囲み、班のメンバーでお茶をする。冬はドラム缶に木っ端《こっぱ》を入れて火をつけ、暖を取って体をほぐす。

一日の仕事がはじまるまえから、早くも一休みするって変だけど、これもたぶん、神去的「なあなあ」の精神に基づく習慣だろう。山仕事であせっても、いいことはなにもない。

「全員でか?」

ヨキがミカンを食べながら、面倒くさそうに聞いた。明らかに、足手まといな俺を鬱陶《うっとう》しく思っている顔つきだ。

「いいや。勇気にはヨキがついて、教えてやってくれ。三郎さんと巌さんと俺は、今日は久須《くす》山《やま》の南の斜面の地ごしらえをする」

三郎じいさんと巌さんは、「よっしゃ」と腰を上げた。ノコまでが、「任せとけ」と言いたそうに鼻をひくつかせてみせる。

ヨキは不満げだったが、おやかたさんである清一さんの命令は絶対だ。

「杉が丸刈りになっても知らんねぃな」

と言い、中村家の母屋《おもや》に隣接した納屋のほうへ歩いていった。清一さんたちは、それぞれの軽トラに乗って山へ向かう。ノコははじめ、跳ねるようにヨキのあとを追って歩いたが、ヨキになにか言い含められると、「そうですかい、それじゃあ」という表情で戻ってきて、エンジンをかけた清一さんの軽トラに尻尾を振った。

俺はノコを抱えあげ、軽トラの荷台に乗せてやった。清一さんが運転席から顔を出し、

「木に慣れれば、こわさも薄れる」

と言った。「今日は命綱もあるし、足場もしっかりしてるから大丈夫だ」

もちろん、ちっとも大丈夫じゃなかった。

中村家の敷地を取り囲むように、立派な杉の木が何本も生えている。屋敷林といって、山か

ら吹き下ろす風を防ぐために植えたものだ。清一さんで何代目のおやかたさんなのか知らないけれど、長くつづいた家なのはまちがいない。屋敷林はいまや、神社みたいにこんもり繁っていた。

ヨキは納屋から、屋敷林を手入れするのに必要な道具を引っ張りだした。太いベルト。端に金具のついた頑丈なロープ。それから、昇柱器《しょうちゅうき》という刃だった。ズボンと作業靴のうえから、刃が脚の内側にくるように二本のバンドで固定する。刃の先端を幹に突き刺せば、枝のない木にも登れる仕組みだ。

だけどこれがむずかしい。俺はさんざん抵抗した。

「こんなものを刺したら、木に傷がついちゃうじゃないか」

「屋敷林は材木にするわけやないから、傷物になったってええわいな」

「木に登ってるときに足を固定するのは、この刃物だけなんだろ？　それってかなり不安定じゃ……」

「腰に命綱つけるから、平気やねぃな。ええから行け」

ヨキにどつかれ、敷地の東側に並ぶ杉の下に立った。二階建ての屋根だってゆうに越すほどの樹高がある。

言われるまま、腰にベルトをつける。ヨキは金具のついたロープを、俺のベルトに引っかけた。ロープは輪になっていて、杉の幹をぐるりと一周している。俺は杉の木に抱きつく形で、ロープで固定されてしまった。

ベルトからはもう一本ロープがのびていて、そっちにはチェーンソーがぶらさげられている。木に登るときは両手を空けておいて、目標の地点まで登ったら、チェーンソーをたぐり寄せて枝を切れ、ということらしい。

その際に体を支えるのは、幹とつながった腰のベルトのロープ一本。足の踏ん張りを利かせるのは、幹に浅く食いこませた昇柱器の刃だけ。

地上六メートルの高さで、そんなアクロバティックな姿勢でチェーンソーを振るわなければならない。

無理、絶対無理。

ところがヨキは、昇柱器もなしに俺の隣の杉に取りつき、腰のロープ一本で苦もなく木を登っていく。猿かよ。ベルトにはいつもの斧が挟んであるだけだ。

「どうした、はよせんか」

ヨキは幹の真ん中あたりに蟬《せみ》のようにへばりついたまま、まだ地面に立ってもじもじしていた俺を見下ろした。

早くと言われても、なにをどうしたら、なんの手がかりもない太い幹を登れるのかわからない。俺はとりあえず、幹に腕をまわし、左足から生えた刃を樹皮に引っかけようとした。チェーンソーと、足につけた昇柱器が重くて、思うようにならない。ようやく少し体が持ちあがる。横綱の胸を借りる幕下力士みたいな、情けない恰好《かっこう》だ。

と、次の瞬間、昇柱器の刃がすべり、俺は顎を幹にこすりつけながら地上に逆戻りした。

「なにをやっとるねぃな」

ヨキがため息をついた。するすると木を下りてロープをはずし、俺の背後に立つ。

「ケツ押しあげてやるから、もう一度やってみぃ」

いやと言えない、気弱な性格がうらめしい。しかたなく、再び幹に取りついた。

「腰を支点に、体をそらし気味にするんや」

「足、足！　ちゃんと刃をめりこませんとあかん」

次々と注意され、必死に体を動かす。ヨキが尻を押してくれたこともあって、なんとか自分の背丈より高い位置まで登ることができた。枝のある場所まではまだまだ遠い。

「よっしゃ」

とヨキが言った。「おまえ、身軽やな。そのまま登ってみぃ。なあなあでやぞ」

ゆっくり、落ち着いて。俺は慎重に手足を動かした。少しコツがつかめた気がする。ヨキの言うとおり、腰を支点にすると腕の力はそんなにいらない。どの角度で幹に刃を立てればいいかも、足もとを見ずに見当がつくようになってきた。

「けっこう、けっこう」

声はすぐ近くからした。ヨキはもう隣の杉の、俺と同じ高さまで登ってきていた。安全ヘルメットの下で、目が笑っている。はじめて褒《ほ》められ、俺もうれしくなった。幹から片手を離し、頬を掻く余裕まで生まれた。

「その調子や。どの枝切ったらええかは、俺が隣から指示したる。もっと登れ。下見たらあかんで」

　そう言われると見たくなる。俺は首をめぐらそうとした。ヨキは素早く杉葉をむしり取り、腕をしならせて投げつけた。

「あかんて言うとるねぃな！」

　杉葉は俺の頰に当たり、落下していった。俺は葉の軌跡をついつい目で追い、地上からの距離を直視してしまった。

　地面はずいぶん遠くにあった。

　キンタマが縮みあがる。下ろしてくれー。帰らせてくれー。幹にしがみついて泣きたかった。隣の木にいるヨキに笑われたくない一心でこらえる。ぐっと歯を食いしばり、上だけを見て木に登った。

　景色を眺める余裕はまるでない。

　どの枝を切ればいいか。切りすぎると屋敷林としての用をなさなくなるし、放ったままにしておくと家に日が射さない。

　チェーンソーのスイッチはこまめに切るべし。万が一、足をすべらせたとき、チェーンソーのスイッチが入ったままだと大怪我《おおけが》をする。

　ヨキに隣から教えられるまま、俺は木のうえで枝を払っていった。一本の杉を形よく仕上げるのに、午前中いっぱいかかった。ヨキは俺から目を離さず、しかし次々にいろんな木を登り降りして、俺の五倍は仕事をこなした。

昼の休憩で地上へ下りると、足ががくがくした。ヨキに悟られないよう、なんとか踏ん張って歩き、庭のテーブルで巨大おにぎりを食べた。梅干しやほぐした鮭《さけ》とともに、なぜかコロッケまで埋まっている。

「お、みきの機嫌がええみたいやな」

飯粒のあいだから顔を出したコロッケを見て、ヨキはうれしそうだ。なんだか占いみたいなおにぎりだなあ、と思った。

日射しはますますあったかい。気温が上がると、空気にいろんなにおいが混じりはじめる。小川を流れる澄んだ水の甘さ。いままさに土を押しのけようとする草の青さ。どこかで枯れ枝を焼く焦げくささ。冬のあいだに山深い場所で死んだ獣のかすかな腐臭。なにもかもがいっせいに動きはじめ、新しい季節を迎えようとしている。

山から遠く響いていたチェーンソーの音が、ふいにやんだ。清一さんたちかな。あちらも昼休憩に入ったのだろう。

祐子さんが具だくさんの豚汁を運んできてくれた。

「おかわりもあるから、どんどん食べて」

「山太は?」

とヨキが聞いた。

「奥で遊びに夢中」

「そうか」

山太が現れないので、ヨキは少しつまらなそうだった。

豚汁で腹の底からぽかぽかしてきた。午後の作業に取りかかる。

最初は無駄な力が入り、足は震え、腰は強張《こわば》り、チェーンソーを持つ腕も下がりがちだったが、次第にうまくいくようになった。

最低限の力以外は込めず、テコの原理で体を支える。登ってる木に身を添わせる感じで、切りやすい角度からチェーンソーを振るう。

「慣れてきたからちゅうて、油断したらあかんで」

ヨキはたまに声をかけてくるだけで、あとは任せてくれるようになった。案外、いいやつじゃん。俺たちの作業は、敷地の裏手を終え、とうとう西側の屋敷林に差しかかろうとしていた。ま、もちろん、大半の木を手がけたのはヨキなんだけど。

ぶいんぶいんとチェーンソーをうならせ、繁りすぎた枝を切り落とす。ヨキは木の下で、枝と葉を熊手でかき集めている。俺はわざとヨキの脳天を狙《ねら》って、小枝を落とした。コツ、コツ、とヨキのヘルメットにヒットする。三回目にヨキは、

「遊ぶな、ごるぁ！」

と拳《こぶし》を振りあげて怒鳴った。

ふと見ると、中村家の母屋の窓から室内が覗けた。六畳間の窓際に鏡台が置いてある。猫足で飴色《あめいろ》の、古いものだ。一人の若い女が、鏡に向かって座っている。

女はわずかに唇を開き、薄い色のグロスを塗った。鏡越しに目が合った。

頬が透けるように白い。すごくきれいなひとだ。真っ黒な虹彩《こうさい》がいたずらっぽくきらめいて、俺を映した。つやつやした唇が、にっと笑いを象《かたど》り、気まぐれな猫みたいな表情になった。

俺は彼女に気を取られ、切らなくてもいい枝の根もとにチェーンソーを当ててしまった。大きな枝が葉を揺らし、ヨキの頭にごんと落下した。

「勇気ぃ！」

ヨキが雄叫《おたけ》びをあげ、熊手を捨てて杉の木に取りついた。そのまま、命綱もなしに登ってくる。

「うわわわ、わざとじゃないって。ちょっと待って」

と言っても聞かない。すごい速さで俺の足もとまで迫り、ヘルメットで俺の尻をぐいぐい突きあげはじめた。

「いてぇ！　痛いってば！」

ヨキの肩を蹴《け》って抵抗したくても、こっちの足には刃がついている。俺は悲鳴をあげ、じりじりと杉の木を登って逃げるしかなかった。

「あの部屋に、だれかいたんだ」

「だれかって？」

ヨキは頭突きをやめ、俺の指すほうを見た。「だれもおらんがな」

部屋は無人になっていた。鏡台には白い布がかぶせられている。

「あれ？　ついさっきまでいたのに」

「女か？　若いか？　美人か？」

「うん、まあ」

「ははーん」

ヨキはにやにやした。「そりゃあおまえ、幽霊やな」

「こんな昼間に？　だいたい、季節がちがうだろ」

「神去では、のべつまくなしに出るんや」

したり顔をしている。「おやかたさんとこは、あくどいこともしとるからな。おおかた、清一が泣かせた女が、屋敷に憑《つ》いてるんやろ」

「まさかあ」

と言いながら、俺は自分の顔がひきつるのを感じた。幽霊とか妖怪とか、そういうのはダメだ。高校のときに、つきあってた彼女にホラー映画に誘われたが、理由をつけてのらりくらりとかわしたぐらいだ。

屋敷林の手入れは、なんとか一日で終えることができた。夕方になって、山へ行っていた清一さんたちも帰ってきた。

俺たちは朝と同じように、ドラム缶の焚き火を囲んだ。屋敷林はすっきりしたシルエットで空にのびている。

「よくやったな、勇気」

と、清一さんが褒めてくれた。俺に自信をつけさせるために、屋敷林を担当させたんだとわかった。

　三郎じいさんと巌さんも、

「はじめてにしちゃあ、上出来やな」

「さすがのヨキも、一人で一日に終わらせるのは少々しんどいからな」

と、口々に称《たた》えてくれる。

　俺は、「もうちょっとここで頑張ってみようかな」という気になった。黙々と切った枝を束ねているヨキのことも、少しは見直してもいいかと思った。

　母屋の引き戸が開き、

「直紀、もう帰っちゃうの」

という山太の声が聞こえた。

「また来る。お母さんの言うこと、よく聞いてな」

　玄関から出てきたのは、さっき鏡台に向かっていた女だ。

「だれが幽霊だって？」

　俺は低い声でヨキに言ったが、ヨキは知らん顔だ。しょうもない冗談ばかりかます。

「直紀、送ろうか」

　火に当たっていた清一さんが、女に声をかけた。直紀という男みたいな名前の女は、

「ええんや。バイクで来とるから」

とそっけなく言い、納屋から大きなカワサキを引っ張りだした。砂利を踏んで、バイクを道

のほうへ押していく。おやかたさんの家とどういう関係のひとなのか。だれかに聞きたかったが、説明してくれる気配もない。小さな村で全員が顔見知りなもんだから、「改めてだれかを紹介する」という発想が、神去のひとにはあまりない。

「直紀はもうちっと、なああじゃなきゃあかんのう」

と三郎じいさんが言い、一同、

「んだな」「んだ、んだ」

とうなずくばかりだ。

「あら、もう行っちゃったの」

母屋から姿を現した祐子さんが、ラップのかかった皿を手にため息をついた。「おかずを持たせてやろうと思ったのに」

その皿を渡して、バイクをどう運転しろっていうんだろう。いや、待てよ。もしかして、これは神去村から逃げるチャンスじゃないか?

たしかに俺は、一日の仕事を無事にこなすことができた。班のメンバーに認めてもらえたみたいで、うれしかった。だけどさあ、俺はべつに、林業なんてやりたくないんだよ。母ちゃんと熊やんの罠《わな》にはまって、神去村まで来ちゃっただけなんだよ。

なにが、「もうちょっと頑張ってみようかな」だ。なに考えてんだ、俺。あぶねー。つい、ほだされるところだった。

「俺が直紀さんに届けてきますよ」

祐子さんから皿をかすめ取り、道へ向かって走った。「おい」とヨキが呼んだが、振り返らない。

直紀さんは道で颯爽《さっそう》とバイクにまたがり、エンジンをあたためているところだった。重厚なエンジン音が、山々に轟《とどろ》く。

「これ、祐子さんからです」

俺の差しだした皿を見て、

「いらない」

と直紀さんは言った。小脇に抱えていたフルフェイスのヘルメットをかぶる。いまにも発車してしまいそうで、俺はあせった。

「じゃ、これは俺が持つっす。そのかわり、駅まで送ってくれませんか」

「はあ?」

「松阪に用があるんすよ。はじめての給料出たし、親になんか買って送ろうと思って。清一さんにも、ちゃんと言ってあります」

こういうこともあろうかと、親父がくれた三万円をいつも身につけていた。脱出資金は、これでとりあえずなんとかなるはずだ。

「ほら、給料」

と、俺はポケットから封筒を出した。

「餞別って書いてあるけど?」

しまった、そうだった。

「あれ？　えへへ」

と、笑ってごまかす。直紀さんは疑わしそうな視線を寄越したが、

「まあええわ」

と言った。「メットは？」

「あります」

俺は作業用のヘルメットをかぶり、直紀さんのうしろに座った。腰に腕をまわしていいもんだろうか。

「ほな、行くで」

どるんどるんとエンジンが高く鳴る。「泣いたらあかんねぃな」

バイクが矢のように走りだし、俺はもうちょっとで振り落とされるところだった。皿が後方にぶっ飛ぶのもかまわず、あわてて直紀さんにしがみつく。うわ、細くてやわらかい。って、にやけたのも一瞬だ。直紀さんは、ものすごいスピード狂だったんだ。

「んぎゃー！」

こわくてこわくて、涙と鼻水が出た。でも、体液なんてすぐに風に飛ばされる。狭い山道で対向車が来たらどうするつもりなんだろう。そう思うけど、クラクションを鳴らしながら、カーブにもがんがんつっこんでいく。地面に膝が触れそうなほど、車体が傾く。

「降ろしてくれー！」

俺は叫んだ。さらにまずいことに、ヨキが軽トラックで追いかけてきた。片手でハンドルを握ったヨキは、運転席の窓から顔を出して怒鳴る。

「逃げるつもりか、勇気！　許さんねぃな！」

悪鬼の形相だ。やばい。

直紀さんはますますスピードアップしたけれど、ヨキも追いすがってくる。どんなエンジンを積んだ軽トラなんだ。山道のカーチェイスはつづいた。気を失ったら死ぬ。俺は必死で自分に言い聞かせ、最大級の根性を振り絞って意識を保とうとした。それでも十五秒に一回ぐらい、脳みそが真っ白になったけどね。

バイクと軽トラは、ほとんど同時に駅についた。駅舎で電車を待ってたおばあさんが、驚いたように俺たちを見た。俺はバイクから降り、駅舎へ向かおうとした。膝が震えて立てない。四つん這いで進もうとして、ヨキに背中を踏みつぶされた。

「あいかわらず、ええ腕やなあ直紀」

「余計なもんを乗せとったから、今日は危ないとこやったわ」

と、直紀さんは笑った。「また遊ぼう」

それは、ヨキに言ったようでも、俺に言ったようでもあった。直紀さんのバイクが、あっというまに山道を戻っていく。

「世話かけさせよるなあ」

ヨキは俺を引き起こし、軽トラックに押しこめた。電車が駅を出ていく。涙がにじんだ。脱走できなかった哀しみのせいなのか、命拾いして安心したせいなのか、自分でもよくわからなかった。

「おまえ、故郷《くに》はどこなんや」

神去地区へ戻る途中、ヨキが尋ねてきた。

「横浜」

「行ったことないなあ。ええとこか」

そりゃそうだよ。店だって遊ぶとこだって、この村にはないものがいっぱいある。そう答えようとして、ためらった。

でも、俺がいなくてもだれも気にしない場所だ。

高校のときの友だちには、ハガキを送ってあった。携帯が使えなくなったことを伝え、ヨキの家の連絡先を書いておいた。でも、だれからも返事は来ないし、黒ジコ電話にかけてくることもない。みんな、新しい生活でいっぱいいっぱいなんだろう。両親だって孫に夢中で、古株の息子のことなんか放置プレイ中なぐらいだ。

あれ、もしかして俺、すごくかわいそうでさびしい境遇じゃねえ?

「横浜ほどじゃないかもしれんが、神去もええところや」

と、ヨキは言った。「おまえはまだ、村のことも山のことも、ちょっとも知らんやろ」

「あたりまえだろ、来て一カ月も経ってないんだから」

「もう少し、おったらええねぃな。いま逃げ帰ったら、俺は末代まで語り継ぐで。『横浜から来た平野勇気ちゅう男は、エノキダケよりひょろひょろの、どうにも使いもんにならん穀潰《ごくつぶ》しやった』ちゅうてな。おまえ、百年後にはこの村の最弱伝説になっとるで」

「なんだよ、それ。こんなちっちぇえ村で伝説になったって、べつに痛くも痒《かゆ》くもねえよ」

あんまり馬鹿らしくて、俺は笑った。笑ったら、少し気持ちが楽になった。

「なあなあや」

ヨキは低く静かな声で言った。「最初から山仕事がうまいやつなんておらん。そんなのは、天才の俺ぐらいや」

夕焼けの空に、山の影が黒く浮かびあがっていた。


ヨキと一緒に家に帰ると、部屋は真っ暗だった。

「みき、おらんのか。おーい」

ヨキは呼びかけながら、靴を脱いで茶の間に上がった。俺もあとにつづく。

「ヨキ、ちょいとそこに座れ」

暗闇から繁ばあちゃんの声がした。よくよく見ると、神棚の下に繁ばあちゃんがちんまり座っている。饅頭の亡霊みたいだ。

「うわっ、ばあさん、おったんかいな」

ヨキが蛍光灯の紐《ひも》を引っ張る。「なんで明かりをつけんのや」

「そんなとこまで、わてが手ぇ届くわけないでっしゃろ」

繁ばあちゃんは光に目をしぱしぱさせた。「あんたの嫁はん、出ていきましたで」

「またかいな！」

ヨキが天井を仰ぐ。繁ばあちゃんに畳を叩かれ、ヨキは卓袱台の脇に正座した。なんでか俺も、ヨキと並んで正座するはめになる。

「どうしたっちゅうんかいな。今朝までは機嫌よかったやろ」

とヨキは嘆く。おにぎりにコロッケも入ってたしな、と俺も思う。

「あんた、このまえ家に帰らんかったとき、山を見まわってたなんて嘘やな」

繁ばあちゃんは厳しい声音で言った。「名張《なばり》で遊んどったな」

「さあ」

としらばくれたヨキの眉間《みけん》で、繁ばあちゃんのデコピンが炸裂《さくれつ》した。すごい早業《はやわざ》だ。えっ、と思った瞬間には、ヨキは「くうぅ」と額を押さえて背を丸めていた。俺の目には、コブラのようにのびあがった繁ばあちゃんの残像だけが焼きつけられた。

もしかしてこのばあさん、実は敏捷に動けるんじゃ……。俺は疑惑の眼差しを注いだが、繁ばあちゃんはもとどおり饅頭と化して座っている。

「『ヨキィ、今日は来ないのぉ』て、スナックのねえちゃんから電話ありましたで。電話取ったのが嫁はんやてわかっとるのに、性根の悪い真似しよる。そんな店で遊んどる、あんたの器量がようない」

繁ばあちゃんのもっともな言いぶんを、ヨキはうなだれて拝聴した。

「嫁はんつれて帰ってくるまでは、二度とうちの敷居をまたいだらあかんねぃな」

「はい……」

ヨキはしょんぼり立ちあがった。いい気味だ。俺は脱走劇のせいで、腹が減っていた。繁ばあちゃんとさきに夕飯を食っていよう。

そう思ったのに、

「なにしとるんや。おまえも来い」

とヨキは言う。

「なんで俺が」

「俺一人でのこのこ行ったたって、みきが帰ってくるわけないやろ。二人がかりで泣き落とすんじゃ」

「いやだよ。ヨキのお嫁さんでしょ」

「おまえのことは、俺が迎えにいってやったやないか」

「頼んでもないのに、勝手に追いかけてきたんだろ」

「アホゥ。ひょうつく(心が冷たくなるような)こと言うねぃな」

ヨキは俺の頭をはたいた。「山仕事の班はいついかなるときも一心同体や」

無茶な論理に引きずられ、ヨキと夜道を歩く。茶色く乾いたさびしげな田んぼを横目に、川のほうへ下りていく。

みきさんの実家は、橋を渡ったところにあった。ヨキの家から、歩いて五分もかからない。

神去でただ一軒の商店だ。ガラス戸を開けると、土間には雑多な品が並べられていた。農具や洗剤や食料や酒や煙草、とにかくなんでも売っている。

「ごめんくださーい」

ヨキが声を張りあげると、仕切りの障子が細く開いた。みきさんの父親とおぼしき、中年の男の目が覗く。

「うちのみき、来とらんかな」

と、ヨキは愛想よく言った。こんな近所に実家があるということは、ヨキとみきさんは幼なじみで、当然、みきさんの父親とヨキも昔から親しいんだろう。

だが、俺の推測はあっさりはずれた。

「いつから、『おまえんちのみき』になったんねぃな」

みきさんの父親は威嚇《いかく》するように歯をむき、ぴしゃりと障子を閉めた。ちっとも親しくない。

「そんなこと言わんと、会わしたってぇな」

「あかん。おまえみたいなすいたらもん（スケベ野郎）に、娘は任せられやん。離婚じゃ」

「そんな意地悪言わんで」

ヨキは情けない声を出す。「お義父《とう》さん、ここはひとつ、なあなあで頼みますわ」

「あかんったら、あかん。おまえんとこには、もう手紙も配達したらん」

みきさんの父親は、どうやら郵便局で働いているようだ。障子を挟んで、ヨキとの攻防が繰り広げられた。お互いに障子を開けよう、そうはさせまいとするもんだから、障子の枠《わく》がみしみしと音を立てている。

しまいにヨキは、ポケットからなにかを取りだし、「どりゃあ！」と握った拳で障子紙を突き破った。

「ほら、これでどうや」

突然の乱暴狼藉《ろうぜき》に、俺もびっくりしたが、障子の向こうでも動揺している気配がある。ところが、ややして障子がするすると開いた。

「ま、ここらでなあなあと行こか」

茶の間に上がるよう、みきさんの父親は顎をしゃくった。靴を脱ぐ合間に、ヨキが俺にささやく。

「スナックの割引券、渡したんや」

なんてダメな大人たちだ。

茶の間では、みきさんとみきさんの母親が夕ご飯を食べていた。

「あら、ヨキちゃん。今回は迎えが早いんやな」

みきさんの母親はにこやかに言った。みきさんはヨキには目もくれない。

「ばあちゃんが、はよ謝れてうるさいんや」

ヨキはそう言うと、みきさんに向かって勢いよく土下座した。「すまんかった！　帰ってきてくれ」

どうも土下座し慣れている感がある。みきさんは黙って咀嚼《そしやく》をつづけている。

「勇気、おまえも謝らんかい」

ヨキに小声でうながされ、

「なんで俺が」

と俺はまた言った。でも、

「この子が新入り？」

「若くて元気がありそうやな」

と、みきさんの両親の注目を浴びてしまったので、しかたなく土下座したままのヨキの隣に正座した。

「あの、みきさん」

おずおずと話しかける。「ヨキさんも反省してますから」

無言だ。部屋には、焼いた川魚とポテトサラダのいいにおいが漂っている。腹がグーと鳴った。

「そうだ、これからは俺が、いつもヨキさんを見張ってるようにします。仕事が終わってからも、まっすぐ家に帰るようにさせます。だから帰ってきてください！」

プライドなんかあったもんじゃない。気づくと俺まで土下座していた。俺の人生初土下座は、他人の嫁さんに対してなされたことになる。空腹ってこわい。

みきさんは咀嚼をやめ、箸《はし》を置いた。大きな澄んだ目が、俺とヨキの脳天を見ているのがわかる。

「ほんまか?」

と、みきさんはかすれた声で言った。「ほんまに、もう女と遊ばんか? 今度やったら、離婚やない。うちは死ぬねぃな!」

ぎょっとして顔を上げた。みきさんは本気らしく、膝のうえで固く両手を握りしめている。

「わかった」

とヨキが言い、みきさんの手に自分の手をそっと載せた。

「嘘ついたらあかんねぃな」

「わかった。これまでやって、ほかの女はみぃんな遊びや。俺が惚《ほ》れとるんは、いつだってみきだけや」

「ヨキィ!」

みきさんはヨキの首ったまにかじりついて、わんわん泣きだした。

なんなんだ、この夫婦。

いつものことなのか、みきさんの両親は平然と夕飯を食べつづけていた。

雑貨屋「中村屋」(みきさんと清一さんは、遠縁にあたるらしい)を出て、来た道を戻った。空には星が輝いている。星座を見つけるのも困難なほど、たくさんの星だ。

慣れない豪華な夜空に、目がまわってきた。俺の脱走も土下座も、すごくちっぽけなことに思えてくる。

ヨキがさきに立って、軽快な足取りで自分の家へ入っていった。俺の隣を歩いていたみきさんが、ぽつりと言った。

「アホみたいやと思う?」

ええまあ、とも言えず、俺は黙っていた。

「うち、ちっさいころからヨキのことが好きでな。好きや好きや言うて、結婚したんや。あのひとのことになると、いっつも頭にカーッと血ぃのぼる」

ヨキなんかの、どこがいいんだろう。たしかに山仕事の腕はいいけど、いいかげんで、めちゃくちゃなやつだ。でも、子どものころから知ってる相手と、子どものころから住んでる場所で、ずっと一緒に生活していくってのも、いいものかもしれないな、とも思った。

「なあなあです、みきさん」

俺が言うと、「そやな」とみきさんは笑った。

はじめて使った神去弁は、やわらかく早春の空気に溶けた。

二章 ❖ 神去の神さま

奥山に積もった雪もようやくすべて溶け、神去村《かむさり》は本格的な春を迎えた。

田んぼはレンゲで埋めつくされた。あたたかな風に吹かれて花が揺れると、薄ピンクの雲のなかを歩いてる気になる。あとで刈り取って肥料にするらしい。

畦道《あぜみち》には小さなスミレの花がいっぱい咲いた。あちこちの家の庭先で、里山の緑の合間にも、コブシが白い炎のように無数の花をつけている。

とにかく、春の勢いはすごい。これまではモノクロにくすんでいた画面に、一瞬で色がつくみたいだ。どんな特撮技術を使っても、この鮮やかな景色の変化は表現できないだろう。

変化は景色だけじゃなく、においにも音にも表れる。冬のあいだは硬く冷たく流れる川が、草木が芽吹きはじめるのとほぼ同時に、さらさらと優しい音に変わる。水は澄みわたって、甘い香りがする。金色に輝く川底の砂に、透明なメダカの群の影が映っているのを発見し、俺は思わず声を上げてしまった。

なんかこう、春はすべてにメリハリがつくって感じだ。繁《しげ》ばあちゃんの大群に包囲されてるのが冬だとしたら、百人の直紀《なおき》さんがバイクに乗って、山を駆けめぐってるのが春だ。張りがあって騒々しい。

こういうのはさすがに、俺の生まれ育った横浜じゃお目にかかれない。神去なんて田舎だ田舎だと思ってたけど、田舎にもけっこういいとこがあるもんだな。小さな橋の欄干《らんかん》にもたれ、日に日に緑を濃くする山と、川面《かわも》に接しそうに咲きこぼれるユキヤナギの白い花を、俺はいつまでも眺めていた。

一年間、神去村に暮らしてみて、「一番好きな季節は」と聞かれたら「春」と答える。冬は雪起こしがあるし、夏は夏で楽しいけど仕事がハードだし、秋は食い物がうまくて紅葉もきれいだけど、とんでもない祭りが……。いや、これはまた別の機会に書こう。

なんにしろ、春が一番だ。春のわくわくするような気持ちと、花や土や水の香りがまじりあった空気の甘さに、かなうものはない。

ただひとつ問題といえば、黄色い粒。花粉だ。神去村には山しかなく、その山はほとんど杉とヒノキで覆われている。脅威の花粉包囲網だ。

山の杉が、枝のさきっちょに茶色い実みたいなもんをつけはじめた。俺は最初、「なにかなー、あれ」と思ってた。そのうち実の色は濃さを増し、遠目には杉が枯れたみたいになってしまった。

そうしたら、巌《いわお》さんがクシャミを連発しだしたんだ。清一《せいいち》さんは山仕事のときにごついゴーグルをかけるようになり、クールな表情は変えないまま、いつも静かに鼻水を垂らしている。村を歩いてても、マスクをしてるおばちゃんが増えた。

花粉の攻撃がはじまった。

脱走を企てた俺を、班のメンバーはなにも言わず迎え入れてくれたんだけど、もしかしたらそれは、同じ時期にはじまった花粉症の症状に気を取られ、叱るのを忘れたってだけかもしれない。

巌さんはクシャミとクシャミのあいだに言った。

「あの茶色いのは、実とちゃう。杉の雄花や」

「えっ、あれが全部ですか」

枯れ山のようになって村を取り巻く斜面を、俺は呆然《ぼうぜん》と見渡した。ヨキが楽しそうに補足する。

「いまはまだええ。もうちょっとしたら、今度は真っ黄色になるで。風が吹くたびに枝が揺れて、花粉が黄色い霧みたいにバサーッ、バサーッと」

「黙れ、ヨキ」

と清一さんが鼻声で制止した。

「なんでや。ほんまのことやろ。もう、目に見えるぐらいの量の花粉が、雨みたいにバラバラバラッ、バラバラバラッと」

「花粉花粉て連呼するねぃな」

巌さんは単語を聞いただけで、息も絶え絶えになっている。三郎じいさんはまったく花粉を感知しないらしく、大きく深呼吸して準備体操にいそしんでいた。

「勇気《ゆうき》は花粉症じゃないんかいな」

「はい。俺は平気です」

そう、そのときは平気だったんだ。このあとどんな恐ろしい運命が待ち受けているかも知らず、俺は笑って答えた。三郎じいさんは、

「そりゃあなによりや。ちかごろでは、村のもんにも花粉症がようけおってなあ。気の毒なことや」

と憂い顔だ。ヨキは俺が花粉症でないと知って、

「つまらんのう」

とがっかりしていた。もちろん、野生の獣みたいなヨキは、アレルギーなんてものと無縁だ。杉の雄花を食ったって、けろりとしていることだろう。くそ、花粉症は文明人の証《あかし》だぞ。そういうことにしておこう、うん。

その年は季節はずれの雪のせいで、苗木の植えつけが大幅に遅れていた。中村林業の従業員は、中断していた地ごしらえを急ピッチで進めた。地ごしらえってのは、苗木を植える山の斜面を、きれいに均《なら》すことだ。

「なかなか人手がたりなくてな」

と、西の山の中腹に立った清一さんは言った。「ここは皆伐《かいばつ》したあと、しばらく手をつけられずにいたんだ」

「かいばつって、なんですか」

「ある区画に生えている木を、すべて切りだすことや」

と、巌さんが説明してくれた。「皆伐すると、切りだすときの手間はかからんが、その斜面

はハゲちゃびんになってまうやろ。『環境、環境』てうるさいご時世やし、山崩れが起きる危険もある。いまは、切りだす木を選ぶ間伐《かんばつ》のほうが主流やな」

たしかに、斜面の一画だけ杉が一本も生えておらず、原っぱのようになっている。鳥が種を運んだんだろうか、あちこちから低木も生えている。つやつやした緑の葉をつけた木は、人工的に整然と並んだ杉とちがって、とてものびやかだ。

俺の腹ぐらいまでしか樹高がないのに、薄黄色の小さな花を鞠《まり》みたいに枝先に咲かせている木があった。花群を支える部分が暗い赤で、コントラストが目を引く。

「きれいですねえ」

「ニワトコやな」

とヨキが言った。言ったそばから、まだ細いニワトコを根もと近くから斧で叩き切った。

「ななな、なにすんの！」

「『なに』て、地ごしらえや」

「かわいそうじゃないか、せっかく生えてるのに！」

「アホか、おまえ」

ヨキは斧をぶらさげ、心底あきれたと言いたげな目で俺を見る。「かわいそうもなにもあるかいな。この斜面に生えたボヤ（灌木《かんぼく》）、全部切らんと地ごしらえにならんやんか。地ごしらえが終わらんと、植えつけもできん。そしたら俺たちはおまんまの食いあげや」

鬼神のごとく斧を振り、若木を切り倒しながら、ヨキは斜面を登っていく。唖然《あぜん》とした。林業ってなんだか自然と一体になったイメージがあったが、全然ちがう。むしろヨキは、自然破壊しまくりだ。

「皆伐したあとにシダがはびこったら、木も生えない。きちんと植林しつづけていけば、山の環境は守られる」

と清一さんが言った。「きみは今日は、巌さんに仕事を教えてもらえ。地ごしらえの名人だからな」

そして清一さんも、猛然と柄の長い鎌をふるいはじめた。容赦ってもんがない。三郎じいさんは、落ちた枝を拾い集める。

巌さんが、俺の肩にポンと手をのせた。

「日本の森林で、人間の手が入っとらん場所なんかないで。木を切り、木を使い、木を植えつづけて、ちゃんと山を手入れする。それが大事なんや。俺たちの仕事や」

完全には納得できなかったけど、俺も斜面の地ごしらえに取りかかった。杉を切りだしたあとなので、当然根っこはそのまま埋まっている。灌木を切ったあとに、杉の根っこもすべて掘りだすのかと聞くと、

「まさか」

と巌さんは笑った。「おまえは土の威力を見くびっとるな。根っこなんか、そのままでええんや。すぐに腐って土になるでな」

では、切り倒した灌木はどうするかというと、これも枝を取り除いた形で、幹はそのまま放

置していいのだそうだ。

「ここはまだそれほど、ボヤも密集しとらんしな。あんまり地面をきれいにすると、地表が乾くやろ。それが杉の苗には大敵なんや」

切り倒された灌木の枝を、鉈《なた》でテキパキと落としながら、巌さんが講釈してくれる。俺も見よう見まねで鉈を使った。地下足袋《じかたび》を履いた足まで切っちゃいそうでこわい。

「広葉樹――栗やケヤキなんかを植える場合はな、巻き落としちゅうのをやるんや」

「巻き落とし、ですか」

「ちょっとやってみせたろか」

巌さんは、脇に置いてあった二メートルほどの棒を手に取った。硬い樫《かし》材だそうで、乾燥させた樹皮には使いこまれた光沢がある。

斜面に倒され折り重なった灌木に、棒を差しこむ。テコの原理でぐっと持ちあげると、倒木は下方にあった倒木を巻きこんで、くるりくるりと斜面を下りだした。巌さんは棒一本で、斜面にあった倒木を巧みに操る。太巻きの寿司みたいに、ひとかたまりに丸めこんでしまった。

「すげえ!」

歓声を上げた俺に、巌さんは「やってみぃ」と棒を渡した。

もちろん、うまくいかない。倒木は全然まとまらないし、巻き落とす方向も定まらなかった。

「慣れりゃあ、できる」

巌さんはそう慰めてくれたが、慣れてるひとのなかでも、ひときわたしかな技を持っていると自負してるようだった。ちょっと誇らしげに、鼻の穴が膨らんでいた。

「ま、こんな調子で巻き落として、ボヤで斜面に何列かの段を作るんや。土が崩れるのを防ぐための、堰《せき》ちゅうわけやな」

切った灌木も無駄にはしない。斜面の栄養分になったり、土止めになったりする。知恵だなあと感心し、巻き落としのデモンストレーションを終えて斜面を上がる巌さんについて歩いた。

上方にいたヨキが、

「ごるぁ、勇気！　土を崩して歩いたらあかんねぃな！」

と怒鳴った。「表土《ひようど》は栄養たっぷりの、山の命やで！　命を蹴立《けた》てて歩くやつがおるか！」

ヨキの怒鳴り声で山崩れが起こりそうだ。そんなこと言ったって、と俺は困惑した。みんなは地下足袋で、足場の悪い急斜面を身軽に移動するけれど、俺はそうもいかない。なんとか巌さんの足跡どおりに歩こうとしても、踏みしめるたびに地面が崩れる。

「土がやわらかいのは、手入れが行き届いて栄養たっぷりな山の証拠や」

巌さんはまた、誇らしげに笑った。


山は植物だけのものではない。虫も動物もいっぱいいる。春になって活発に動きはじめたやつらに、俺は脅《おびや》かされつづけた。

斜面の地ごしらえを終え、いよいよ苗木の植えつけに取りかかることになった。

「あのー、手で植えるんすか？　一本一本？」

「あたりまえやろ、田植えとちゃうんやで」

ヨキがふんと鼻を鳴らす。「こんな山んなかで、ひとの手以外にどんな方法がある言うんや」

絶望の鐘が鳴り響いた。何日かかるんだよ……。

「だってここ、広いよね?」

「広いもんか。二反《たん》程度や」

「は?　二反?」

首をかしげる俺に、巌さんが助け船を出す。

「一反が三百坪やから、六百坪やな」

六百坪!　そんな面積のある家って見たことないぞ。とにかく広い土地だということがわかった。

「一反にだいたい、四百五十から五百本の苗木を植えるんや」

と、巌さんが言った。「そやから、この斜面には千本てとこやな。五人で割って、一人あたま二百本。楽勝やろ」

とても楽勝とは思えない。朝から岩を背負った気分がしたけど、なんとか気力を奮《ふる》い立たせて植えつけをはじめた。

どうやら清一さんは、ヨキにものを教える才能がないことに、ようやく気づいたようだ。植えつけのやりかたも、巌さんが教えてくれることになった。

「苗を正方形に植えようとすると、山のうえに行くに従って、上下の間隔が狭まってしまうやろ」

俺は三角形の山を思い浮かべた。そこに真四角に苗を植えてみて、「ああ、はい」とうなずく。

「それは日照不足の原因になって、ようないんや。だからこの斜面には、上下に間隔が広い長方形になるように植えてく。矩形《くけい》植え、ちゅうんや」

落ちていた葉っぱや小枝を鍬《くわ》でよけ、巌さんはまず地表を露出させた。それから穴をひと掘りし、掘った土を穴の斜面下方にそのまま鍬で留めておく。平地で六十センチほどに育てておいた杉の苗を、まっすぐに穴に下ろす。根っこの隙間がきちんと埋まるように、細かい土を手で入れ、あとは留めておいた土を鍬で一気に穴に戻す。埋め戻した土を踏み、苗を引っ張って、ちゃんと植わったかどうか確認する。

流れるような作業ぶりを、ただただ眺めるしかない。ヨキも清一さんも三郎じいさんも、受け持った区画で人間植えつけ機と化している。

「ほれ、やってみろ」

巌さんが場所を譲った。苗木の入った大きな布バッグを渡される。俺はへっぴり腰で、鍬を地面に突き立てた。なんの抵抗もなく鍬が入り、湿って濃い土の香りが湧きだした。ついでにぶっといミミズも這いだしてきた。

「うわわわわ」

「妙な声を出すねぃな」

巌さんはぬらつくミミズをつまみ、ぽいと投げ捨てる。もうやだ。この村のひとたち、みんな野生児なんだもん。俺は念入りに軍手をはめ、ひたすら穴を掘っては杉の苗木を植える行為を繰り返した。

うららかな春の山に、鍬が土に食いこむ音と、清一さんが鼻をすする音と、巌さんの断続的なクシャミが響く。ときどき、皆伐跡と隣りあわせた杉林から、下生えの茂みが揺れる気配がする。そのたびに俺はびくついた。

「おおかた野ウサギや」

と、巌さんが言う。「このあたりには熊はおらん」

「そうでもないで」

と、ヨキが脅かす。「冬眠明けで気ぃ立ったやつが、ここらまで来とるかもしれん。猪が突進してくることもあるし、いたずらもんの猿が礫《つぶて》投げてきよることだってある。勇気なんざ、鹿にかじられるかもしれんなあ。ボーッとしとるから」

そこへ、その日も同行していたノコが、うれしそうに走ってきた。くわえていたビニール紐みたいなものを、ヨキの足もとに落とす。なんだろう、と俺は目をこらし、腰を抜かした。

「うわっ、蛇！　蛇！」

「騒ぐねぃな。毒もないやっちゃ」

あとで知ったんだけど、神去村の住人はマムシを見ると興奮する。毒がある危険な蛇だっていうのに、勢いこんでつかまえようとする。

夏に茂みを歩くときは、マムシに嚙まれないように特に注意が必要だ。でも神去では、マムシのほうこそ気をつけたほうがいいと思う。ヨキが鼻をひくつかせながら気配をうかがっているからだ。マムシは山椒《さんしょう》に似たにおいを発している。そのにおいを感知したとたん、ヨキは茂みをかきわける。マムシを生きたまま焼酎に漬けたり、さばいて蒲焼《かばや》きにして食ったりするためだ。三郎じいさんによると、マムシの蒲焼きはウナギよりもうまいらしいけど、俺は絶対食いたくない。

ノコが運んできた蛇を、ヨキはしゃがみこんで検分した。マムシじゃないのでつまらなそうだ。

「なんや、ノコ。おまえ、白蛇を嚙み殺してしもたんかいな。山の神さんの使いやで?」

ノコは盛んに尻尾を振る。褒めてほしいようだ。ヨキが頭を撫でると自慢げに目を細め、また蛇をくわえようとした。

「あかんて」

ノコの顔を押しのける。「神さんの使いを食うたらあかん」

ヨキは恐れるふうでもなく蛇の死体をつかみあげ、ぶらぶら揺らしながら歩きだす。どうするのかと思って見ていると、太い杉の切り株の根もとに埋めた。ノコは横取りされた獲物をうらめしげに見やり、しかし次の瞬間には忘れたらしく、また斜面を楽しそうに駆けまわりはじめた。

午前中の作業を終え、斜面の一カ所に集まって弁当を広げた。

清一さんが、沢からヤカンに清水を汲《く》んできた。小さな焚き火を起こして茶を沸かす。山で食べる弁当は、とってもうまい。変わり映えのしない巨大おにぎりでもだ。

ヨキはおにぎりを少しほぐして葉っぱに載せ、蛇を埋めた切り株に供えた。三郎じいさんが竹筒に茶を注ぎ、同じように供える。全員で蛇に手を合わせた。ヨキまでが神妙な顔で目を閉じている。意外に信心深いらしい。

「おかしいと思うか、勇気」

再び弁当をつつきながら、清一さんが聞く。俺が黙っていると、清一さんは微笑んだ。

「山ではなにが起こるかわからない。最後は神頼みしかないんだよ。だから、山仕事をするものは無駄な殺生《せっしょう》をつつしむ」

ノコは、みきさんが特別に持たせているノコ用の弁当（布袋に詰めたドッグフードだ）を、無心にむさぼっていた。

植えたばかりの杉の苗木が、青々とした葉をそよがせている。水色の空に、霞《かすみ》のような春の雲が流れていく。

人間植えつけ機たちの活躍もあって、俺の予想よりもずっと速いペースで作業は進んでいた。

「清一さんたちが植えれば、千本なんて本当に楽勝だ」

「とろとろしとったら、追いつかんからな」

三郎じいさんが、落ちていた小枝で歯間掃除をしながら言う。「なにしろおやかたさんは、千二百ヘクタールの大山持ちや」

「んだ、んだ」と、ヨキと巌さんも誇りに満ちた表情でうなずくが、俺はピンとこなかった。

「千二百ヘクタールって、どんぐらいの面積ですか?」

「面倒なやっちゃなあ。千二百ヘクタールは千二百ヘクタールや」

ヨキが苛立《いらだ》たしそうに、金色の髪を掻きむしる。俺は食い下がった。

「いや、だって、具体的にイメージが浮かばないよ。そうだ、東京ドームでいうと何個ぶん?」

「どうして面積や容積を示すときに、東京ドームが単位になるんだろうな」

清一さんがもっともな疑問を呈《てい》し、

「東京ドーム自体を実際に見たことねえから、何個て言われてもわからん」

と三郎じいさんが腕組みした。

「東京ドームはどんぐらいの面積があるんや」

巌さんが聞くと、ヨキが作業着のポケットから携帯電話を出した。

「検索しちゃる」

「えっ。この村、携帯通じないって言ったじゃん」

「山のうえなら通じる」

ヨキは仏頂面で携帯を操作しはじめた。俺の電池パックを捨てたくせに、自分は携帯持ってるって、どういうことだよ。ほんとに勝手なやつだ。

「スナックのねえちゃんと、いつも山仕事の合間に連絡つけとるんや」

と、三郎じいさんがチクる。油断も隙もない。ヨキから携帯を取りあげるよう、みきさんに言っておこう。

「わかったで」

ヨキが顔を上げた。「東京ドームの面積は、四万六千七百五十五平方メートルや」

「ということは」

巌さんが中空を見上げて計算する。「一ヘクタールが一万平方メートルやから、千二百ヘクタールは……、東京ドーム約二百五十六個ぶんちょっと、ってとこやな」

二百五十六個！

「ひええ！」

「ついでに言うと、千二百ヘクタールは千二百十町。一町は十反で三千坪。つまり、おやかたさんの持っとる山は、三百六十三万坪てことになるな」

「ひえええ！」

もうだめだ。どんな単位で換算されても、とても想像が追いつかない。俺はびっくりしてしまった。清一さんの持つ広大な山林もすごいが、巌さんの暗算能力の高さも尋常じゃない。

「子どものころ、珠算をやっとったんや」

俺の尊敬の眼差しに応え、巌さんは照れくさそうに言った。

「もちろん、すべての山を俺たち五人で管理するわけじゃない」

と、清一さんが話をもとに戻す。「中村林業の従業員が手分けして、ほうぼうの山で作業にあたっている。それでも無理なぶんは、その山の近くにある森林組合に外注して、手入れを請け負ってもらってるしな」

「おやかたさんみたいな大山持ちが、現場に入って作業するんはめずらしいんや」

巌さんがつけくわえた。「日本の山持ちの八割以上が、二十ヘクタール以下の山林しか持っとらん。山の斜面を細切《こまぎ》れにして、ちょっとずつ土地を持ってるわけや」

「だから、山買うときは、斜面の下をだれが持っとるか、よう調べえて言うんやで」

三郎じいさんが口を出す。「性根の悪いもんだと、下の土地を通るのを許してくれんのや。そうすると、せっかく切った木を運び下ろせんやろ」

「はあ」

山を買う予定はないから、有益なアドバイスとは言えないが、利権に絡んで人間関係がいろいろ複雑なことはよくわかった。

「百ヘクタール以上の山林を持ってるもんは、山持ちのうちのたった三パーセントしかおらん」

巌さんは誇らしげに言った。「おやかたさんの千二百ヘクタールちゅうのが、どんだけ桁違《けたちが》いかわかるやろ?」

「はい」

「そういう大山持ちは、現場に指示してひとを動かすのが仕事や」

ヨキがかっかと笑う。「汗水たらすのが好きな清一は、きわめつきの変わりもんてわけやな。

一種の変態や」

「ヨキ、うるさい」

と清一さんは言い、弁当箱の蓋《ふた》を閉じた。「日本の林業は、斜陽産業と言われてひさしい。大山持ちだからといって、のんびり座っていられる時代は終わったのさ」

あとからだんだんわかってきたことだが、清一さんは山仕事が一流なだけでなく、山林経営でも凄腕《すごうで》のひとだった。

清一さんは、木を切りだすのが比較的簡単な、人里に近い場所の手入れを徹底的に行った。計画的で効率のいい山林作りをし、伐採のサイクルをスムーズにまわせば、樹齢三十年の杉でも金になる。国産材は値崩れしているから、規格の統一された材木を一定量、安定して供給できさえすれば、輸送に余分な金のかかる外材に充分対抗できる状況だ。広大な山林を所有する清一さんには、それが可能だった。

樹齢三十年の木なんて、林業の世界ではまだまだ若い。ヨキいわく「チンケな木」だ。商売上手な清一さんは、もっと利潤の高い木にも当然、目をつけていた。

清一さんの家は、日本でも有数の大山持ちだ。以前は中村家が持ってる山だけを通って、神去から大阪まで歩いていけたそうだ。三重県中西部から大阪に至るまで、山間部はほぼ自分のもの。スケールがでかい。

山を売って、そのころよりは少し地所が減ったそうだが、中村家は代々、丁寧に植林をつづけてきた。杉やヒノキの大木がぼんぼん生えた山を、まだまだいくつも持っている。

樹齢七、八十年から百年を超える杉やヒノキは、切りだすのにも手間がかかり、技術と神経を要する。人手不足の業界なので、泣く泣く山奥に生えっぱなしにさせておくことも多いらしい。

だけど清一さんは、「こだわりの家づくり」を望むひとに焦点を絞った。建築会社や工務店と契約し、ご要望どおりの良質で立派な材木を提供しますよ、と謳《うた》ったんだ。つまり、「中村林業ブランド」を作った。たかが材木にブランドもなにもない、と思うひともいるかもしれない。でも、シックハウスに悩んでいたり、「自然に優しい家」を作りたいと願うひとは、ちょっと割高であっても中村林業ブランドを選ぶ。いまでは、単価の大きい注文がひっきりなしにあるようだ。清一さんの目論見《もくろみ》は当たった。戦略の勝利だ。

さらに清一さんには、神去山という大きな切り札があった。村のどこにいても山頂が見える、神去村の最高峰。神聖な奥山。そこには……。おっと、これもまた別の機会に書こう。

さて、中村家の所有する山林が東京ドーム二百五十六個ぶんと判明したところで、俺たちは昼の休憩を切りあげることにした。簡単に屈伸などして、体をほぐす。午後も植えつけのつづきだ。苗木の入ったバッグを、めいめいが肩にかける。

ヨキの携帯に着信があったのは、そのときだった。山で聞く着信音は、なんだか間が抜けていた。スナックのねえちゃんか？　みきさんに約束した手前、俺は耳をそばだてた。

「ヨキ、大変や！」

当のみきさんの声が、携帯から漏れ聞こえた。「山太《さんた》がおらんようになってしもたらしい。

すぐに帰ってきてえな！」

予定を早めて全員で山を下り、村に戻ったのは午後三時をまわったころだった。

祐子《ゆうこ》さんが中村の家からまろびでてきて、清一さんの胸に顔をうずめた。

「どうしよう、どうしよう」

清一さんを見たとたんに気がゆるんだのか、祐子さんは泣きだした。「山太、庭で遊んでたの。なのに、ちょっと目を離した隙に姿が見えなくなった」

「大丈夫だ。すぐに見つかる」

清一さんは、祐子さんの背を撫でて穏やかに言った。

清一さんの家には、村人が集まっていた。山太がいなくなったのは、朝の十時ごろだった。息子を探し歩く祐子さんを見かけたものが協力しあい、昼をまたいでずっと村じゅうを捜索していたそうだ。

集まったもののなかには、繁ばあちゃんもいた。「おやかたさんとこの坊《ぼん》の一大事」と、みきさんに担いでもらって馳《は》せ参じたらしい。とはいっても、老いた繁ばあちゃんになにができるわけでもない。清一さんの家の座敷の隅で、ちんまりと座っていた。

一同は沈鬱《ちんうつ》な表情だった。幼児の足だ。遠くへ行けるはずもない。村じゅうを探したのにどこにもいないということは、川にはまったか、外から来たものに連れ去られたか。

山太の無邪気な笑顔を思い、俺は心臓が痛くなってきた。隣に座ったヨキも、ひっきりなしに煙草をふかして黙りこくっている。山仕事をするものは、山火事を恐れるからか、喫煙の習慣があまりない。ヨキが煙草を吸うのを、俺はそのときはじめて見た。

何人かが手分けして村を見てまわっては、気落ちした様子で戻ってくる。

「警察に届けたほうがええんちゃうやろか」

と、ついに一人が言った。川の対岸に住む山根《やまね》のおっちゃんだ。それをきっかけに、座敷に集まった面々は口々にしゃべりはじめた。

「兵六沼《ひょうろくぬま》は見たか」

「あないなとこまで、山太の足ではよう行かれへんやろ」

「わからんで、万が一ちゅうことがある」

「よさんか、縁起でもない」

「川べりに足跡はなかったか」

「よせちゅうのに。それより、怪しい車を見たもんなどはおらんのかいな」

「もし、よそもんがうろついとったら、とっくに有線で連絡がまわるやろ」

神去村には災害時の連絡用有線があり、ふだんは主に、「見慣れない車が入ってきたので、戸締まりに注意しましょう」などという放送に使われている。それぐらい、訪ねてくるひとも稀《まれ》な田舎だということだ。

人々のおしゃべりは止まらない。もちろん、行方不明の山太を心配しているからだが、事件が起こったことへの高揚も感じられた。しかも、いなくなったのは大山持ちの清一さんの息子だ。のどかな暮らしを延々とつづける村人の、少しの残酷さと好奇心を俺は感じた。

ヨキも、おしゃべりが癇《かん》に障ったらしい。

「ええい、うじゃうじゃ言っとる暇《ひま》に、もう一度探してこようやないか！」

と、憤然と立ちあがった。

「ご迷惑をおかけします」

清一さんが両手を畳につき、頭を下げた。「みなさんの力を貸してください」

座敷が静まり返る。好き勝手にしゃべっていた村人は、気まずげに顔を見合わせ、「そやな、探しにいこ」「おやかたさん、やめておくれやっさ、水臭い」などと言って、腰を上げた。

「ようし」

と、ヨキが張り切りだす。「じゃあ、くまなく村を探してまわれるように、班分けしよや」

「待ちねぃな」

しわがれた声が発された。繁ばあちゃんだ。

「村を探しても無駄や。みな、座れ」

繁ばあちゃんは神去村の長老だ。その言葉には逆らえない。なんだなんだ、と畳に座り直し、繁ばあちゃんに注目した。

繁ばあちゃんは、しばし口をもぐもぐ動かしていたが、やがて厳《おごそ》かに言った。

「山太は……、神隠しに遭《お》うたと見える」

はい!?　神隠しとはまた、非科学的な説が出た。俺は噴きだしそうになったが、周囲の人々は真剣な表情だ。

「そうか、神隠し」

「今年は大祭の」

「オオヤマヅミさんが」

などといった声が漏れ聞こえ、なにやら深刻そうにうなずきあっている。おいおい、まじかよ。

「あのー」

俺はおずおず挙手した。「なんかお祭りがあるんすか？　オオヤマヅミさんて、だれです？」

座敷の会話がぴたっとやんだ。全員がいっせいに俺を見る。

「おまえさんには関係ないねぃな」

と、山根のおっちゃんが言った。一同、「んだ、んだ」とうなずく。

それで俺は、神去村で自分がよそもんだってこと、清一さんたちと一緒にいくら汗を流して山で働いたところで、村で生まれ育ったひとたちと同じにはなれないんだってことを、はじめて思い知ったんだ。

清一さんやヨキ、祐子さんとみきさん、繁ばあちゃん、三郎じいさん、巌さんは、うなずかなかった。彼らまでがうなずいていたら、俺はその場で席を立ち、何時間かかろうと山道を歩いて、村を去っていたと思う。

「関係ない」ってなんだよ。内心で憤りながらも、俺は堪《こら》えた。いまは、そんなことで傷ついてる場合じゃない。迷子になった山太が、どこかで泣いてるかもしれないんだ。自分にそう言い聞かせた。

気まずくなった座敷の雰囲気を塗り替えるように、繁ばあちゃんがさっきより力強い声で言った。

「大祭の年には、神さんがたまーに、子どもを招かれることがある。そういうときは、身を清めて迎えにあがらなあかん」

なんとなく予言者の風格がある。かっこいいな、繁ばあちゃん。

「繁さん、それは神去山へ迎えにいくということですか」

と、清一さんが姿勢を正して聞いた。

「そや」

繁ばあちゃんは短く答え、役目は果たしたとばかりに、目を閉じて動かなくなった。まさか、一生に一度、重大な予言をして事切れるしきたり？　繁ばあちゃんが力つきたのかと思ってあせったが、口もとはもぐもぐしている。寝ちゃっただけみたいだ。

清一さんの判断は早かった。

「神去山へ入る。中村班、同行してくれ。祐子、禊《みそ》ぎと人数分の着替えの用意を頼む」

「よっしゃ！」

ヨキが勢いよく立ちあがる。なにがなんだかわからないまま、俺もつられて立つ。

座敷はどよめいた。

「おやかたさん、勇気を神去山へ入れるんはどうですやろ」

「まだ早いんとちがいますかいな」

清一さんは、それらの声を毅然《きぜん》と一蹴《いっしゅう》した。

「平野《ひらの》勇気は、神去村の一員です。神去の神が、彼を拒む理由があるでしょうか」

おやかたさんの決定に、異を唱えられるものはいない。山根のおっちゃんをはじめ、納得がいかなそうな顔もあったが、とりあえず反論はやんだ。

「先導は巌さんにお願いします」

清一さんが言うと、それまで一言も発しなかった巌さんが、やはり黙ったままうなずいた。なんだか緊張しているようだ。

「そうや、巌さんがおった」

「巌さんが迎えにいけば、神さんも……」

また座敷のあちこちでささやきが起こる。巌さんをちらちら見ては、したり顔で目くばせする。なんだよなあ、もう。言いたいことがあるなら、こそこそしてないではっきり言えよ。

さきほどの傷心が尾を引いていたこともあって、俺は村人の態度に苛立った。狭い村では、建前と噂話《うわさ》が生活の潤滑剤なんだってことに、そのときの俺はまだ気づけていなかったんだ。

心労で青ざめた祐子さんが、座敷の襖《ふすま》を開けて顔を出した。

「禊ぎの準備ができました」

「ありがとう」

清一さんは再び、座敷に集まった面々に頭を下げた。「それではみなさん、行ってまいります。夕飯と酒を用意しますので、時間があるかたはこのままお待ちください」

「気をつけて行きなはれ」

「無事の帰還を祈っとるで」

村人は万歳三唱した。涙ぐんでるおばちゃんもいる。俺たちは出征すんのかよ。

ものものしさに首をかしげつつ、いつもの班のメンバーとともに、清一さんちの風呂場へ向かった。広い屋敷の最奥部にある風呂は、ヒノキづくりの湯船で、ちょっとした旅館の大浴場ぐらいあった。

「いつもこんな風呂に入ってるんですか」

これまた銭湯レベルはある脱衣所から風呂場を覗き、俺は驚いて尋ねた。

「いつもはふつうの家庭用の風呂だ。水道代がばかにならないからな」

清一さんは手早く作業着を脱ぎながら答える。「この風呂は、寄り合いや祭りのときに、客にふるまうためにある」

風呂をふるまうってのもすごいけど、家に風呂が二つあるのもすげえ。おやかたさんの豪勢な生活ぶりは、昔の殿さまみたいだ。

三つある大きな蛇口によって、ヒノキの湯船にはどんどん水が溜《た》められていく。……ん？水？　なんかいやな予感がするぞ。

「ほら、勇気。さっさとせんかい」

真っ裸になった三郎じいさんに急《せ》かされ、俺もあわてて作業着を脱いだ。全裸の男五人で、脱衣所から風呂場に足を踏み入れる。

湯船から湯気は立っていない。やっぱり水だ。春の夕方の洗い場は冷え冷えとして、俺は全身に鳥肌を立てた。洗い場の隅には、山盛りの塩が置かれていた。

突然、頭から冷水を浴びせかけられ、声も出せずに飛びあがった。ヒノキの桶《おけ》を手に、ヨキが笑っている。

「ななな、なにすんだ！　心臓発作で死んじゃうだろ！」

「平気やって。三郎じいさんを見ろ」

班で最年長の三郎じいさんは、洗い場に片膝をつき、湯船の水を桶に汲んでは、勢いよくかぶっている。見てるだけで急所が縮みあがりそうな光景だ。

「なんの修行だよ、これ」

「修行やない、禊ぎや」

とヨキは言い、むんずと塩をつかんで、自身の体をこすりだした。「ほら、おまえもやれ」

なんで塩？　俺は菜っぱになった気分で、震えながら塩を全身にすりこんだ。また湯船の水を頭からかぶる。もはや感覚が麻痺《まひ》したのか、塩で揉《も》んだ肌が内側から熱くなってきた。

仕上げに、水で満杯になった湯船に首まで浸かったときには、笑うことしかできなくなった。山太の行方がわからないのに、笑いたくなんかない。でも歯の根が合わなくて、気づくと「あふぁふぁふぁふぁふぁ」って声が出ちゃってるんだ。

ようやく禊ぎとやらを終え、洗い場に用意されていた白い着物を着た。山伏《やまぶし》の装束みたいに、袴《はかま》っていうか簡素なズボンっていうか、とにかく下半身に穿《は》く衣《ころも》の脛《すね》あたりがすぼまっている。着かたがわからなくて、三郎じいさんに手伝ってもらった。カラス天狗が額につけてるような、よくわかんない小さな黒い帽子みたいなやつは、装束一式のなかに見あたらなかった。それだけが救いだ。

時代錯誤な衣裳に身を包み、俺たちは庭へ出た。早くも日が暮れはじめている。急がないと、山太を見つけられないまま夜になってしまう。山の気温は急激に下がるから、そうなったら危険だ。

巌さんが軽トラックの運転席に座り、ほかのものは荷台に乗ることになった。ノコが駆けてきて、一緒につれていってくれと吠えたが、ヨキは「だめや」と言った。

「今日、ノコは山で殺生したからな。神さんの怒りに触れたら大事《おおごと》や」

巌さんの運転で、軽トラックは村の南に位置する神去山へとひた走った。走りはじめてすぐ、ヨキ、清一さん、三郎じいさんは、胸にかけていた皿みたいな鉦《かね》を、お箸サイズの撞木《しゅもく》で乱打しはじめた。

カンカン、キンキン、カンコンキン。優雅とは言えない金属音が、日暮れの山にこだまする。

驚いた小鳥が森で羽ばたき、ねぐらへ帰るカラスがカーと鳴く。

エンジン音もかき消す鉦の響きに、俺は両手で耳を押さえた。

「どうして鉦を鳴らすんですか」

軽トラックは古いトンネルを抜け、未舗装の細い道へ入った。荷台が激しく揺れる。舌を嚙みそうだ。

「いきなり訪ねていったら失礼やろ」

と三郎じいさんが言った。「いまからお邪魔させてもらいますて、神さんにお知らせしとんのや」

「おまえも叩かんかい」

ヨキにうながされ、俺もしかたなく自分の胸にかかった鉦を叩いた。カンコンキン。けたたましい音を満載して、軽トラックは進む。

十五分ほど車で走り、そこから林道を二十分は歩いただろうか。とうとう、神去山の入口にたどりついた。

朽ちかけた小さな祠《ほこら》のそばに、注連縄《しめなわ》の巻かれた杉が二本そびえている。そのあいだからのびるのは、獣道《けものみち》かと見まごう小道だ。細い道は、山の奥へ奥へとつづいているようだった。

こんなところまで、山太一人では来られない。そう思ったけれど、言いだせなかった。清一さんたちが、最後の望みをここに託しているのがわかったからだ。

神隠しなんか、あるわけがない。家から相当の距離がある神去山に、山太がいるはずもない。でも、ここにいないとすれば、山太は川に落ちたか、よそもんの変質者に連れ去られたか、近所の山で迷子になってそのまま見つからないか、どれかだ。いずれにせよ、山太の身にひどいことが降りかかった、って意味になる。そんな可能性は、できれば考えたくない。それで俺は、敢《あ》えてなにも言わず、神去山に山太がいると自分に信じこませながら歩いた。

ところがヨキたちは、この山に山太がいると確信してるようなんだ。先頭を行く巌さんの背中も、あいかわらず鉦を叩きまくるヨキの横顔も、希望と自信にあふれている。うしろを歩く清一さんと三郎じいさんも同じだと、振り返らなくてもわかった。

なぜだろう。常識で考えて、そんなことはありえないのに。

最初は不思議だった俺も、鬱蒼とした森を行くうちに、山太がこの山にいるような気になってきた。しっかりと顔を上げて歩を進め、鉦を鳴らしながら「山太ー、山太ー」と呼びかける。

いま思うと、冷水と塩の刺激、絶え間なく響く金属音のせいで、軽いトリップ状態にあったんだろう。ナチュラルハイっていうの？　さらに、神去山の険しい山道と、神域ならではの荘《そう》厳《ごん》な空気、広葉樹の深い森の景観が、トリップ感に拍車をかけた。

そう、神去山は、村のほかの山とちがって、杉やヒノキがまったく植林されていなかった。そのために生えてる木が多様で、しかもどれもが異様にでかい。

夕陽の当たる斜面では、黄金色の木漏れ日が射している。それに負けないぐらい豪華な黄色い花をつけ、山吹が重そうに枝垂《しだ》れている。野イバラが茂みを作り、白い五弁の花びらを慎ましく広げる。甘い香りが鼻先をよぎった。ウツギが枝先に小さな蕾《つぼみ》をたくさんつけている。かと思うと、十五メートルはあろうかというアオダモが、泡のような白い花を頭上で揺らす。樫の木に絡んだアケビの蔓《つる》の、花は明るい紫色だ。

もちろん、そのときは木の名前なんか知らない。ただ、「きれいだなあ」と、夜が近づきあ

たりが見えなくなるのを惜しむばかりだった。

花の香りで息苦しいほどだ。研ぎ澄まされたのは嗅覚《きゅうかく》だけでなく、聴覚もだ。森はもっと静かなものだと思ってたけど、全然ちがった。いつもどこかで、葉が落ち茂みの揺れる音がする。梢は風でざわめき、「日暮れまで間がない」と鳥がせわしく鳴きかわす。鹿かなにかが、樹皮をかじる音まで聞こえる。遠くに小さな沢があるのがわかる。

枯れ葉が積もった地面はふかふかだ。水分と養分をたっぷり含んでいることが地下足袋ごしに伝わってくる。

夢みたいな場所だった。こんなところが、神去村にあったなんて。なにをしに神去山へ入ったかをほとんど忘れ、俺はうっとりしながら歩いた。あー、もうずっとここにいたいなあ。

ついに薄闇《うすやみ》が森を覆い尽くし、巌さんが懐中電灯をつけた。

やばいやばい、フヌケてる場合じゃねえよ。ずいぶん長く森をさまよった気がしたけど、それは一日の最後の日が山に射す、わずか十分ほどのことだった。当然、獣道はまだ神去山の中腹にすら差しかかっていない。時間感覚が完全に狂ってしまっていたんだ。

これが山の魔力か。乱暴者のヨキですら信心深くなり、神域に入る際には身を清める理由が、ちょっとわかった気がした。理性や平地での常識では測りきれない山の不思議に、びびったけど、同時に楽しさも感じた。めちゃくちゃな部分と、だれかが紡《つむ》いだみたいに整然とした部分が、複雑に入り組んでいる。そんな神去村の根っこに、はじめて触れた瞬間だった。

「山太ー、山太ー」

清一さんたちの呼び声はつづいている。驚きを振り払うために、俺も声を張りあげた。

「山太ー、どこだー。迎えにきたぞ、出てこーい」

すると、小道のさき、巌さんが照らす懐中電灯の光の輪のなかに、小さな人影が飛びだしてきた。俺たちは声をそろえて叫んだ。

「山太！」

山太も俺たちに気づき、一心に森を駆けくだってくる。

「お父さん！」

俺もヨキも両腕を広げて待ちかまえてたってのに、山太は素通りして、最後尾にいた清一さんに抱きついた。清一さんは膝をつき、山太の体をしっかりと抱きしめた。

「よかった、山太。怪我はないか。どこか痛くないか」

「うん、どっこも痛くない」

山太がそう答えても、清一さんは息子の体じゅうを撫でさすってたしかめた。目を閉じた清一さんは、安堵《あんど》とうれしさに震えているようだった。

腰にぶらさげてきた御神酒《おみき》を、三郎じいさんがあたりの地面に振りまいた。

「ありがとうございます、山太をお返しくださって、ありがとうございます」

三郎じいさんは柏手《かしわで》を打って拝みはじめた。俺たちもそれに倣《なら》う。どうどうと鳴る夜の森には、頭《こうべ》を垂れずにはいられない威厳があった。

それにしても、どうやって山太は神去山までやってきたんだろう。まさか悪いやつが、いたずら目的でここへ連れこんだとか？　いったい山太の身になにが起こったのかと、俺は気を揉んだ。

それはほかのものにとっても、気になる部分だったらしい。山を下る道すがら、清一さんに背負われた山太に、ヨキが尋ねた。

「山太、ここまでどないして来たんや。いままで、なにをしよった。みんな心配しとったんやで」

「あのな」

山太は眠そうに目をこする。「赤い服着たきれいなお姉さんに、『遊びにくる？』って聞かれたんや」

「きれいな姉ちゃんて、だれや」

「わからん。知らんひと」

「知らんひとについていったら、あかんやろ」

「でも、優しかったで？　『うん』て言ったら、ビューッてなって、花がようさんあった。果物も。桃や柿やブドウをようけ食べた」

そんな果物が、いまの季節にそうそうあるはずない。俺はヨキと顔を見合わせた。清一さんは口を挟まず、黙々と歩いている。

「あー」

ヨキは眉間を指で揉んだ。「ビューッてのはなんや、ビューッてのは」

「飛んだんさ！」

清一さんの背中で、山太はうれしそうに両腕を広げた。「おうちが小さく見えた」

「ふうん。それで？」

ヨキは取りあわずに話をさきに進めようとする。山太は少し不満げだったが、

「そんで、白い服着たお姉さんが、『もう帰りなさい』て言うた」

とつづけた。今度は白い服の女か。俺は首をひねる。真っ赤な服も、真っ白な服も、着ているひとはけっこう少ないもんだぞ。消防署員と病院関係者か？

「うーん」

ヨキもどう受け取ったものか、困惑しているようだ。「白い服の姉ちゃんも美人だったか？」

「えーっと」

と山太は口ごもった。「でも、優しかった。赤い服のお姉さんは、すぐどっかに行っちゃったけど、白い服のお姉さんは、ずっと一緒に遊んでくれたで。手をつないで、お父さんたちのとこまでぼくを送ってくれたんや」

小さい男の子が好きな、変質者姉妹じゃないだろうな。どうしても心配で、俺は尋ねた。

「こわくなかったか」

「ない、ない。楽しかった」

それからすぐに、山太は清一さんの背中に頬を押し当て、寝入ってしまった。

「山太は神さんに会うたんやなあ」

三郎じいさんがしみじみ言った。

「ああ」

と、巌さんが言った。「俺のときとおんなしや」

「え？」

俺は驚いて振り向いた。「巌さんも、その……神隠し？　に遭《あ》ったんですか」

「まえ見て歩けや、勇気。転ぶで」

巌さんは手を振って注意し、記憶をたどる声音になった。「もう何十年前になるかなあ。俺も山太と同じように、フッといなくなってな。大人が泡食って探したら、神去山で笑うとったそうや。自分ではよう覚えとらんのやけどな」

「そやった、そやった」

三郎じいさんが言う。「あんときもオオヤマヅミさんの大祭の年やったから、四十八年前やのう」

「そないになるかいな」

「そうさ」

呑気なもんだ。無事に発見されてよかったけど、行方不明になった経緯はまったくの謎だってのに。神隠しなんて、ほんとにそんなことがあるのかな。やっぱり山太は、ショタコン姉妹にさらわれてたんじゃないのか？

そう思ったけれど、山太のすこやかな寝顔を見るうち、まあいいかと思えてきた。なにも危害は加えられなかったんだ。不思議な女のひとたちと、神域の山で楽しく一日を過ごした。それでいいじゃないか。

山ではどんな不思議が起こっても、ちっとも不思議ではないんだ。

まん丸の大きな月が出て、夜の山道を行く俺たちを守るように照らした。懐中電灯は必要なかった。月光を受け、木の葉が銀色に輝いていた。

玄関先で待っていた祐子さんは、俺たちの姿を見て声もなく叫び、眠っている山太を抱きしめた。涙で濡《ぬ》れた祐子さんの頬を、清一さんが掌でそっと拭《ぬぐ》ってあげていた。

明々《あかあか》と電気のついた中村家では、山太の無事を祝い、村人総出で夜通し宴会が開かれた。三郎じいさんが、しなびた腹に顔を描いて踊る。山根のおっちゃんが自慢の喉《のど》を披露し、繁ばあちゃんがリズムのずれた手拍子を打った。みきさんの両親が、清一さんをねぎらっている。ヨキはみきさんに、「あんたもたまには役に立つな」と褒められ、機嫌よく杯《さかずき》を干した。

巌さんは満足げな表情で、座敷の隅で料理を食べていた。俺は隣に座り、巌さんのコップにビールをついだ。

「すまんな。おまえも飲めや」

「いや、俺は未成年すから、お茶で」

「固いのう」

しばらく二人で、繰り広げられるどんちゃん騒ぎを眺める。山太はとっくに寝床に入った。

祐子さんも添い寝しているのか、姿が見えない。

「巌さんは、山がこわくならなかったですか」

「なんでや」

「神隠しに遭ったんでしょう？　一歩まちがえれば、家に戻れなかったかもしれないじゃないですか」

「考えたこともなかったな」

巌さんは静かに首を振った。「神隠しに遭うても遭わんでも、山はこわいもんや。山仕事しとるうちに、急に天気が崩れて遭難しかけたこともあるで。けど俺は、山から離れたいとは思ったことない。山の神さんに祝福してもろた身なんやから、山で生きて山で死ぬのはあたりまえや」

すげえ。山仕事は仕事じゃなく、生きかたそのものです、って感じだ。こんなこと言う大人、俺のまわりにはいなかった。巌さんの口調がまた、淡々としてるんだよな。かっこいい。

俺もいつか、山で生き山で死にたいと願う日が来るんだろうか。

宴会は明け方近くにお開きになった。繁ばあちゃんをみきさんが背負い、酔っぱらったヨキを俺がなんとか引きずって、家へ帰った。

「ほんまにもう、このダメ亭主は」

みきさんは苦労して地下足袋を脱がせ、居間に寝転がったヨキの尻を軽く蹴りあげた。ヨキが目を覚ます気配はなかった。

俺も疲れはて、布団にたどりつくのがやっとだった。山伏みたいな装束のまま倒れこみ、昼まで寝こけた。

山太はそのあと、熱を出して三日間寝こんだが、すぐにそれまで以上に元気になって、いまや村じゅうを駆けまわって遊んでいる。

神隠しに遭っていたあいだのことは、もうなにも覚えていないそうだ。


なんだか頭がモーローとする。

そう言ったらヨキに、

「おまえはいつもモーローとしとるやろ」

と、どつかれた。

俺は熱を出し、ヨキの家の六畳間でうんうんうなっていた。クシャミと鼻水がひっきりなしに出る。鼻と目と耳と喉がかゆい。

妖怪みたいに枕もとに座った繁ばあちゃんが、俺の汗と鼻水を拭《ふ》いてくれた。みきさんは梅干しの入ったおかゆを作ってくれた。べつに腹を壊したわけじゃないから、おかゆである必要はないんだけど、ありがたく食べた。食べるあいだもクシャミが出て、腹筋が痛かった。

俺は花粉症になっちゃったんだ。たぶん、人生で摂取していい花粉量を、村に来て一回目の春だけで、一気に超えたんだと思う。

山で仕事をしていると、花粉がもわもわ降ってくる。降り注ぐ花粉で、山の斜面は真っ黄色だ。作業が終わる夕方には、俺たちは衣をまぶして揚げるばかりになったフライみたいなありさまだった。

清一さんと巌さんは、ゴーグルをかけた目もと以外は、肌が見えない完全防備だ。手ぬぐいで耳ごと頭を包んでからヘルメットをかぶり、鼻から下も手ぬぐいで覆う。その下にはもちろん、花粉用のマスクを装着している。花粉が入るのを防ぐため、袖口《そでぐち》や裾《すそ》をさらしで巻くほどの念の入れようだった。

「粘膜だけじゃなく、なんだか皮膚までかゆいんですよ」

「ほんになあ。今年は量が多いで」

ゲリラか養蜂家かという恰好で、二人は休憩時間にぼやきあう。ヨキと三郎じいさんとノコは、花粉が降ろうが槍《やり》が降ろうがおかまいなしだ。俺は、鼻の奥が熱く、頭がぼんやりするな、と思っていた。風邪でも引いたのかな、と。

風邪ではなかったことは、地震がきっかけで判明した。そのとき、俺たちは西の山深くに入って、三十年生の杉を間伐していた。

樹齢が二十年を超えた森は、だいたい五年おきに間伐し、良質の材になりそうな木だけを残していく。間伐しないと木が密集しすぎて、お互いの生育の妨《さまた》げになるし日も当たらない。かといって、間伐しすぎてもいけない。特にヒノキは、日当たりがよすぎると枯れてしまうらしい。

どの木を伐倒《ばっとう》し、どの木を残すか、判断はむずかしい。立地と枝ぶりなどを見て、「これなら」と思える木を残す。五十年生、七十年生の大木にするために。

でも、間伐対象になった木がダメってわけじゃない。その木があったおかげで、ほかの木は雨や風の直撃を受けずに済んだのだし、適度な日当たりを確保できたのだし、土は豊かになったんだ。それに、三十年生ともなれば、間伐した木も材木として出荷される。

俺は、どの木を間伐すればいいのかわからないし、実際に伐倒できるほどの技術もないので、切り倒した木を運ぶ係だった。

「昔は、皮も無駄にはせなんだ」

と、三郎じいさんは言った。「四月から九月のあいだは、するするっと皮が剝《む》けるんや」

「十月から三月までは、皮は剝けないんですか？」

「剝けんな。あったかいあいだは、木が生長するやろ？　皮も余裕をもって、ちょっと浮いとるんやな。けど冬になったらあかん。生長を止めた幹に、皮が締まって貼りついてしまうでな」

そういう仕組みに気づいた昔のひとって、えらいもんだな。よく観察してる。

三郎じいさんは小さな鉈《なた》を使って、伐倒した杉の丸太から、器用に皮を剝《は》いでみせた。茶色くごつごつした皮の下から、つややかな幹の中身が魔法みたいに現れる。新鮮な木の香りが漂った。

「剝いた皮の量で、どんだけ伐倒したか数えてな。それに応じて賃金をもらったもんや」

「いまは皮を剝かないんですか？」

「めったに剝かん。焚き付けに木の皮を使うこともなくなって、需要がないでな。皮を剝くと乾燥して、材にヒビが入る可能性も高くなるから」

現在では、中村林業の給料は出来高制ではなく、山に何日入ったかで計算される。もちろん、技術と経験に応じて、支払われる額はちがってくる。見習いの俺は、たぶんヨキの給料の三分の一にも満たないはずだ。それでも、金がもらえるだけありがたい。ヨキの仕事の四分の一も、俺は満足にこなせていなかった。

三郎じいさんと一緒に、皮がついたままの丸太を運び、斜面に組みあげる。生木《なまき》ってのは、すごく重い。「うまく支点を決めて担げば、たいしたことあらへん」と三郎じいさんは言うが、俺はどうしてもよろついてしまった。

一番下の丸太が地面に触れないよう、枝や葉っぱを敷き、立木《りゅうぼく》を支柱がわりに、互い違いに組むように丸太を積んでいく。そのまま百日ぐらい乾燥させる。乾いて軽くなってから、丸太はやっと山から運び下ろされるのだそうだ。

少し離れた斜面では、清一さんが間伐する木を選んでいた。立木の皮を鉈で少し剝いで、印がわりにする。ヨキと巌さんが、印のついた木にロープをかける。伐倒するときは必要に応じてロープを引っ張り、木が倒れる方向を調節する。

斜面に生えた木を、どういう順番で、どの方向へ伐倒するか。それを決めるのは、作業員の安全を確保するためにも、伐倒した木を運ぶ効率を上げるためにも、とても大切なことなんだそうだ。ヨキまでが、めずらしく真剣な表情で働いている。たまに清一さんが、三郎じいさんに意見を求めた。三郎じいさんはいつも的確に判断を下し、指示を出した。

「まずはあの木やな。追いこまに切りぃ。次に、あっちの木。左こまざか」

最初は聞いてて、「はあ?」って感じだった。なんの暗号だ。巌さんに教えてもらって、やっとわかった。「追いこま」や「こまざか」というのは、伐倒する方角を表す言葉だったんだ。尾根に向かって、木を右に切り倒すことを右斧、左に切り倒すことを左斧という。さらに、伐倒する方角は細かく八方位に分けられる。「追いこま」っていうのは、右斜め上方に倒すこと。「こまざか」は、斜め下方四十五度に倒すこと。水平は「横木」、真上は「権兵衛」、真下は「小便垂れ」だ。

驚くべきことに、ヨキはいつだって、三郎じいさんの指示どおりの角度に杉を伐倒してみせた。しかも斧一本で。神業だ。職人芸だ。悔しいけど俺は、ヨキのすごさを認めるしかなかった。

「権兵衛や小便垂れで伐倒するのは、アホのやることや」

と、巌さんが説明してくれた。「倒した木が斜面をすべり落ちて、危なくてかなわん。特に、小便垂れなんか下の下や。倒した拍子に、木が勢いよく斜面とぶつかって、パーンと弾かれて折れる。それがぶち当たってみぃ。即死や」

「小便垂れをかまされた日にゃあ、ほんまに小便ちびる思いがするもんやで」

三郎じいさんが首を振る。

「よっぽどの障害物があるときを除いて、なるべく尾根側に倒すようにするのが、基本中の基本や」

と、巌さんはつづけた。「そうすりゃ、切るのにも運びだすのにも効率がええ」

伐倒する木よりも上の斜面に退避し、斧を振るうヨキの背を見つめる。ヨキは伐倒するまえに必ず、倒す角度を三回宣言した。

「追いこまー、追いこまー、追いこまー」

「ほいさー」

と俺たちは返す。了解した、安全な場所にいるから、いつでも伐倒していいぞ、という合図だ。

ヨキならば安心だけど、伐倒するものの技術が未熟な場合、宣言したとおりの角度へ木が倒れるとは限らない。そうなると、一緒に仕事するものは、命がいくつあっても足りないだろう。

ヨキは次に、斧の柄で二回、幹を叩いた。

「あれは、どんな意味があるんすか?」

「ヨキの癖やな」

三郎じいさんは笑う。「大木を切るときは、ああやって神さまに挨拶するんや。『いまから切らしてもらいます』てな。叩くことで、幹に空洞があるのがわかるときもある。ま、今日ぐらいの細い木を切るときは必要ない作法やけど、せずにはおられんのやろ」

いよいよヨキが呼吸を整え、斧を構える。カーン、カーンと、斧が幹に食いこむ澄んだ音が山に響く。梢が揺れ、木はゆっくりと尾根側へ倒れていった。周囲の木を傷つけることはまったくない。

ヨキの伐倒を感心して眺めていたら、

「なにか妙や」

と三郎じいさんが言った。その瞬間、地面が揺れた。木が倒れたときの地響きかと思ったのだが、ちがった。

「地震だ！」

と俺は叫んだ。震度三ぐらいだったろうけれど、山で体験する揺れは大きく感じられた。

「しゃがんどれ！」

三郎じいさんが俺のヘルメットを押さえつける。清一さんと巌さんは、幹に印をつけているところだった。巌さんは咄嗟《とっさ》に梢を見上げて揺れを確認し、清一さんは怒鳴った。

「ヨキ、逃げろ！」

ヨキはちょうど、新たな木に斧を打ちこんだばかりだった。切れこみが入って不安定になった木が、地震であらぬ向きに倒れかかったら下敷きになってしまう。揺れが本格的になるまえに、ヨキは猛ダッシュして斜面を駆けあがってきた。ノコも跳ねるようについてくる。

ヨキが俺と三郎じいさんの隣まで逃げてきたところで、揺れは最高潮に達した。ドーンと重く山が鳴り、鳥が姿を見せないまけたたましく囀《さえず》った。斜面の木が激しく梢を揺らし、杉の花粉が豪雪地帯もかくやとばかりにいっせいに降り注ぐ。

ふ、腐海！

俺は思わず、ナウシカを連想した。「午後の胞子を飛ばしている……」ってやつだ。こんな幻想的な光景に、まさか現実でお目にかかれるとは思ってなかった。

音が消えた。黄金色に輝く小さな粒が、視界を舞って地面に降り積む。

「ようけ揺れたなあ」

「ヨキの走りっぷりがすごかった」

「笑いごとやないねぃな。タマぁ縮んだで」

「まあ、怪我なくてなによりや」

班の面々は笑いあう。花粉を頭からかぶって、全身真っ黄色だ。

「どうした、勇気」

無言のままだった俺を、清一さんが覗きこんできた。

「ハ……、ハァックションッ！」

俺は盛大なクシャミで答えた。ついにリミッターの針が振りきれ、花粉症を発症した瞬間だった。

その日の仕事を終えるころには、俺は高熱を出していた。村に一軒しかない医者へ担ぎこまれ、アレルギーの薬をもらった。医者は三郎じいさんより高齢で、診察のあいだじゅう、特に理由もなくぷるぷる震えていた。俺がクシャミをすると、三秒ぐらい遅れて、ビクッと大きく震えた。おいおい、大丈夫なのかよ。

繁ばあちゃんとみきさんの看護によって、熱は一日で下がったが、もちろん花粉症は治らなかった。

こうして俺は、涙と鼻水とクシャミを大量生産する身になってしまったんだ。

「ま、花粉で死ぬわけやないしな。気張っていくで」

ヨキは朝から元気いっぱいだ。いまや班の過半数が、ゲリラ（もしくは養蜂家）のような風体になったというのに、いい気なもんだ。

死ぬわけじゃないけど、死にそうにかゆいんだよ体じゅうが！　モーローとしながら、ヨキをにらみつけた。おまえも花粉症になれ。この苦しみを味わっても、同じことが言えるか試してみやがれ。

俺の呪《のろ》いの視線なんざ、ヨキはちっとも感じ取らない。清一さんちの庭でノコとじゃれあっている。

「花粉症なんて、けったいなもんがはやるのう」

三郎じいさんが首をかしげた。「年齢にも関係ないみたいやし、なにが原因やろか」

「体質でしょう」

清一さんは鼻水をすすった。「ほらヨキ、説明をするぞ」

俺たちは庭のテーブルを囲み、その日の作業について打ち合わせた。

「明日は裏山で、恒例の花見が開催される」

と清一さんは言った。「よって今日は、会場の清掃と、会場までの道づくりを行う」

花見？　春の訪れの遅い神去村でも、ソメイヨシノはとっくに散ってしまっている。川沿いの道や、民家の庭先や、口山《くちやま》（人家の近くにある里山を、神去村ではこう呼ぶんだ）。あちこちで薄ピンクの篝火《かがりび》みたいに咲き誇る桜を、俺はうっとり眺めたものだ。

いまさら咲く桜なんて、あるんだろうか。疑問が顔に出ていたらしい。

「そうか、おまえはまだ、神去桜を見とらんのやったな」

ヨキが自慢げに笑った。「あれはすごいで」

「勇気は今日は、下のほうの作業にあたるとええ」

三郎じいさんが、もったいぶって言う。「桜を見るのは、明日のお楽しみに取っておけ」

「そうだな」

清一さんもうなずいた。「じゃあ、俺と三郎さんで、桜のまわりを掃除しましょう。ヨキと巌さんは、勇気と一緒に道づくりを担当するってことで。散開」

裏山は、清一さんの家の裏手にあるから裏山らしい。作業現場まで斜面を移動するあいだ、巌さんが花見について教えてくれた。

「裏山の頂上に、ちょっとした広場が拓けておってな。神去桜ちゅう大木が、一本植わっとるんや。年に一度、村じゅうのもんが集まって花見をする」

「へえ、いいですね」

「飲めや歌えの無礼講や。楽しいで」

とヨキも言った。「花見の日ばっかりは、女に声かけても、まわりからやかましく言われんしな」

「あくまで、声をかけるだけやぞ」

と巌さんは釘を刺した。「ヨキは高校生のころ、みきを茂みに押し倒しよってな。大騒動になったんや」

獣か、こいつ。

「ちゃんとそのあと、責任とって嫁にしたろうが」

なんでいばってんだよ。でも、頬が少し赤くなっている。喧嘩ばかりしてるけど、ヨキとみきさんが未《いま》だに恋愛中の夫婦だってことは、一緒に暮らす俺にもよくわかっていた。

「花見には、年寄りも子どもも参加するやろ？」

巌さんが話をもとに戻す。「裏山ちゅうても、頂上まで登るのは骨や。それで、道を作っておくんさ」

道づくりには、間伐材が活用される。年に一度の花見に備え、間伐した裏山の杉は、斜面のそこここで乾かしてある。それを使って、丸太で歩道を作るんだ。

ゆるやかな角度で斜面に丸太を置く。ずれないように、丸太の両端は切り株や立木の根もとに引っかけて固定する。これをつらねて、延々と山頂に至るまで、つづら折りの道を通す。山仕事をするものは、裏山程度の傾斜だったら難なく歩ける。丸太の道は、足の弱いひとのためのものだ。

俺は巌さんに教わりながら、中腹から山裾に向かって道を作りはじめた。山頂から中腹までを請け負ったヨキは、昼にはもう、俺たちに追いついていた。ちょうど、沢の近くだった。澄んで冷たい水で喉を潤し、弁当を食べる。清一さんと三郎じいさんも、いまごろは山頂で休憩中だろう。

「この沢はどうすんの？」

と俺は質問した。朝、裏山に登るときも、沢を渡るのに苦労した。三メートルぐらい幅があって、沢というよりは川に近い。何カ所か岩が水面に頭を出しているが、濡れてすべりやすかった。俺は足を踏みはずし、流れに地下足袋を突っ込んでしまっていた。そのまま押し流されるほど深さも勢いもないが、山太みたいな幼児にとっては、充分に危険だろう。

「もちろん、橋をかけるんや」

ヨキは特大おむすびをぱくつきながら言った。

「えっ、丸太で？」

「ほかに材料ないやろ」

丸太なんかで、頑丈な橋を作れるのかな。俺が首をひねっていると、

「心配するなや」

と巌さんが笑った。「もっと奥の山から木を運びだすとき、どうすると思う？　伐倒した木を使ってな、修羅《しゅら》ちゅうもんを作るんや」

「修羅、ですか」

「そうや。急勾配《こうばい》の斜面に、丸太で作るすべり台みたいなもんを、修羅いうんや。修羅に材木

を流して、何百メートルもすべり下ろしてく。壮観やでぇ」

「修羅で集め下ろした木を、そのまま道に運びだせれば、しめたもんや」

と、ヨキがあとを引き取った。「でも、そうもいかん場合もあるやろ？　途中で谷があったりさ。そのときは、木馬道《きんまみち》の出番や」

「木馬ちゅうのは、橇《そり》やな」

山仕事について語るときの巌さんは、目の輝きがちがう。「材木を積んで、人力で引っ張る橇や。こいつを通すために、木馬道を作る。谷に何本も柱を立ててな。そのうえに、梯子《はしご》状に組んだ木を渡すんや。ま、鉄橋を思い浮かべればええ。それの木製版や。木馬道を作って谷を渡り、最短ルートで材木を運び下ろすんや」

谷に横たえられた、木製の梯子。支柱も木製。想像するだけで鳥肌が立つ。

「谷底から何十メートルもの高さで、木馬道を組むこともあるんやで」

ヨキは胸を張った。「だからな、こんなしょんべんみたいな小川に丸太の橋を渡すのなんか、朝飯前どころか寝ててもできるわ」

「山で油断すると、痛い目見るで」

と、巌さんはヨキを諌《いさ》めた。ついで、俺に向かって律儀に補足してみせる。

「本来、山仕事は分業制なんや。いまは人手不足やし、機械も使うから、できることはなんでもやるけどな。俺たちの班は、基本は伐倒担当や。杣《そま》やな。杣のなかでも、ヨキみたいに斧一本で仕事するもんのことは、特に木こりて呼ぶ。倒した木を割って材木にするのは、木挽《こび》きちゆうて、またべつの担当がおった。丸太や材木を山から運びだすもんのことは、ひようていうた。修羅を組んだり、木馬道を作ったりするのは、主にひようの役目やった」

「へえええ」

ずいぶん細分化されている。それだけ、各作業の専門性が高く、修業する必要があるってことだろう。俺は伐倒のエキスパートになれるのかな。まだ、チェーンソーの目立《めた》てもうまくできないのに。

あ、目立てってのは、刃を研ぐことだ。ヨキなんかは砥石《といし》を使って、斧の刃を剃刀《かみそり》ぐらいに鋭く研ぐ。薄くしすぎても、刃がすぐ欠けちゃって仕事にならないから、加減がむずかしい。ヨキが夜、自宅の土間で目立てをするときは、技を盗むべく、俺もそばで観察している。そこまでしなくていいんじゃねえか、と自分でも思うんだけど、気になって観察せずにはいられない。

いやだいやだって言いながら、俺はなんだか着々と、山仕事の道に足を踏み入れつつあったんだ。村に来たばかりのころに脱走を企てたのが、嘘みたいだ。

昼を食べ終え、沢に丸太を渡す作業に取りかかった。

「真ん中に、ちょうど岩が顔を出しとるな」

巌さんが流れを指さす。「あれを支えにしよう」

四メートルほどの間伐材を三本選び、並べて沢に渡した。ヨキがバランスを取って丸太のうえに立ち、支えの岩にうまく載る角度を探す。サーカスの曲芸師みたいだ。

巌さんと俺は岸辺に岩を積んで、丸太が転がらないように端っこを固定した。向こう岸の固定は、できたばかりの橋を渡ったヨキが請け負う。

「流れに対して直角にならんように、ちょっと斜めに丸太をかけるとええ」

と、巌さんが言った。

「どうしてですか?」

「考えてみぃ」

俺は流れと丸太橋を眺め、考えた。そうか、流れに直角だと、水の力をもろに受けてしまう。斜めにすれば、力が分散されて安定感が出る。

「さあ、行くで」

巌さんは丸太橋を身軽に渡った。俺もあとにつづく。ごろごろしていて、歩きにくい。

「一本の丸太だけに体重をかけたらあかん。足をなるべく横向きにせえ」

言われたとおり、いっぺんに二本以上の丸太を踏むようにして、なんとか渡りきった。

ヨキが、斧だけで手際よく間伐材を割っていた。五十センチほどの長さに丸太を切り、次に真っ二つに割って、カマボコ状にする。

それを、橋のところどころに横に置き、釘で打ちつける。三本の丸太がしっかり固定された。

「こうしておきゃあ、おまえや山太でも、怖がらずに沢を渡れるやろ」

幼児と同列にされて屈辱だったが、事実、山では幼児同然なので文句も言えない。

残りの斜面にも丸太で道を作り、その日の作業は終わった。俺たちが作った丸太道を、清一さんと三郎じいさんは飛ぶように駆けおりてきた。

天狗ってのは、神去村の男衆のことを言うのかもしれない。山を自由に駆けめぐる。

家に帰ると、みきさんが繁ばあちゃんの指導のもと、大鍋をかきまわしていた。花見弁当の下ごしらえをしているらしい。油揚げがいい色に煮えている。おいなりさんだ。

夕飯までは手がまわらなかったようで、食卓に載ったのはハムエッグだった。朝食のメニューとまるっきり同じだ。でももちろん、俺もヨキも黙って食べた。


花見の当日、神去村は快晴だった。

みきさんは朝早くに起きだして、重箱に煮物やら唐揚げやらを収め、最後においなりさんを作った。俺も手伝う。味の染みこんだ油揚げに、甘く煮たにんじんやらしいたけやらを混ぜた酢飯を詰めた。きれいな俵型《たわら》になるように、俺は作業に没頭した。けっこう楽しい。

そのあいだも、玄関先から近所のひとが声をかけてくる。

「用意できたかいな?」

「さき行っといてぇ」

菜箸で重箱の中身を整えるのに、みきさんは必死の形相だ。「もう、この忙しいときに、うちのひとはどこ行ったんや」

ヨキは裏山へ持っていく酒を味見して、朝から濡《ぬ》れ縁《えん》でいい気分でいびきをかいている。みきさんには黙っておいてやった。重箱が大きな風呂敷に包まれるころに、そっと起こしにいく。

裏山は、神去村にしては驚きの人口密度だった。丸太の道をたどり、斜面を登っていく人々が、木陰にちらほら見える。頂上からは、集まった村人のざわめきが聞こえる。

ヨキが繁ばあちゃんを背負い、みきさんが両手に重箱の包みをぶらさげ、俺は背中に三本と両手に一本ずつの一升瓶を運んで、裏山を登った。

沢にかけた丸太橋のところで、清一さん一家と行きあった。清一さんは菰酒《こもざけ》を背負い、祐子さんは片手に重箱、片手に大きなポットをぶらさげていた。村人全員が、この調子で飲み物、食べ物を持ち寄るのか？　いったいどれだけ騒ぐつもりなんだろう。

山太は俺よりずっと危なげなく、丸太橋を渡った。

一升瓶を入れたリュックが、重く肩に食いこんでくる。顎が上がりはじめたころ、ようやく山頂に着いた。視界が拓け、俺は思わず、「うわあ」と声を上げた。

草の緑に覆われた、天然の大広間がそこにはあった。中央には、どんな襖絵もかなわないほど豪華な、桜の大木。山桜だろうか。白い八重の花を枝先に無数に咲かせ、遠目には霞が湧き立ったように見えた。近づくと、花びらの縁がごくごく薄い緑色をしているのがわかる。山の緑を映したみたいに、すがすがしい色合いだ。

「どうや、神去桜は」

ヨキが振り向き、誇らしそうに言った。ヨキの背で、繁ばあちゃんも歯のない口で笑っている。

「すげえ……」

そう返事するのがやっとだった。神去桜は、年月を経て苔《こけ》むした幹をうねらせ、山頂の空いっぱいに枝を広げていた。

大木を取り巻くように、村人が弁当を広げている。花の天井の下で、各人が持ち寄ったおかずを自由につつき、酒を酌み交わす。こっちでだれかが踊りだしたかと思うと、あっちでは詩吟をうなりはじめるものがいる。たしかに無礼講だ。神去地区だけじゃなく、中《なか》も下《しも》も、神去村全域の住人が集《つど》って、ほろ酔いかげんで花見大会を楽しんでいる。

みきさんにうながされ、俺も草のうえに腰を下ろして花見の輪に加わった。すぐに三郎じいさんや巌さんが、自分のおかずとおいなりさんを交換しにやってくる。ヨキは日本酒の一升瓶をラッパ飲みしている。村人のつぐ酒を、清一さんは顔色も変えず次々に飲み干しては返杯した。

未成年だからといって、酒を断れる雰囲気じゃない。森林組合のおじさんが、俺を見つけて近づいてきた。最初は、「だれだっけ」と思ったんだけど、ぶっとい腕を見て、「猪鍋のおっさんだ」と気づいた。

「おう、平野くん！　頑張っとるそうやないか。いやー、やっぱり中村林業さんにお願いして、よかったよかった」

すでに赤ら顔の千鳥足だ。俺の持ってた紙コップに、おじさんは嬉々《きき》として酒をついだ。せっかくだから、思いきって飲む。それを見たヨキが、「もっと行け」と抱えこんでいた一升瓶を傾けた。

俺はなんだかいい気持ちになって、桜のほうへ歩きだした。「ちょっと、大丈夫？」とみきさんが心配そうに言ったが、「へーきれす、へーきれす」と答えた。

桜の根もとを一周する。枝よりもさらに太い根が、しっかりと地面に張りめぐらされている。一周したところで、女のひととぶつかりそうになった。

「あ、すみません」

と顔を上げ、俺はそのまま立ちすくんだ。

直紀さんだった。ずいぶんひさしぶりに会った気がする。山道をバイクで疾走した時間がよみがえった。直紀さんの腰の感触も。

「このあいだ、山太を探してくれたんやってな」

直紀さんのほうから話しかけてきたので、俺の心臓は跳ねまくった。肋骨《ろっこつ》を折りかねない勢いだ。

「ありがとう。あのとき私、出張で村を空けとったんや。あとで聞いて肝が冷えた」

なんで、直紀さんが礼を言うんだろう。村の住人として、ってことかな。出張って、なんの仕事をしてるのか。知りたい。直紀さんと親しくなりたい。

「あの、俺！」

一歩まえに出る。「平野勇気っていいます」

「うわ。あんた、サイッコーに酒臭いで」

美しい顔をゆがめ、直紀さんは身を翻して去っていった。

せっかく名乗ったんだから、自己紹介ぐらいしてくれりゃいいのに。力が抜けた俺は、そのまましばらく意識を飛ばしていたらしい。

気づいたときには、空は夕暮れの色に近かった。俺は草地の隅っこに寝かされ、そばには繁ばあちゃんが座っていた。

ほかのひとたちは、神去桜に向かって正座している。三郎じいさんが桜の根もとに一升瓶を供え、稲妻の形をした白い紙がついた棒を地面に挿《さ》した。清一さんが柏手を打つのに合わせ、全員が深々と頭を下げる。

「裏山からは、神去山がよう見えるやろ」

と、繁ばあちゃんが言った。「花見して遊ぶ姿を、神去の神さまに見せてあげるんや。わてらが楽しいと、神さまも楽しいからな。花見の最後に、神去桜と神さまに、ああしてお礼する」

俺は横たわったまま首をめぐらせ、南のほうを見た。神去山が遠く、夕方の空に稜線《りょうせん》を浮かびあがらせている。

視線を再び、桜の下に集まった人々に戻した。直紀さんは、みきさんと祐子さんに挟まれて座っていた。「酒臭い」の一言を残して逃げられた。どこに住んでるのか、何歳なのか、それからその……、つきあってるやつがいるのかなんてことを、知りたかったんだけどなあ。

胸がむずむずするのは、どうやら花粉のせいじゃない。

俺はため息をつき、覗きこんでくる繁ばあちゃんを見上げた。

「この村は、美人の産地なんですか?」

「いやだよう、この子は」

繁ばあちゃんは「ふぇっ、ふぇっ」と笑い、俺の額を掌ではたいた。

三章 ❖ 夏は情熱

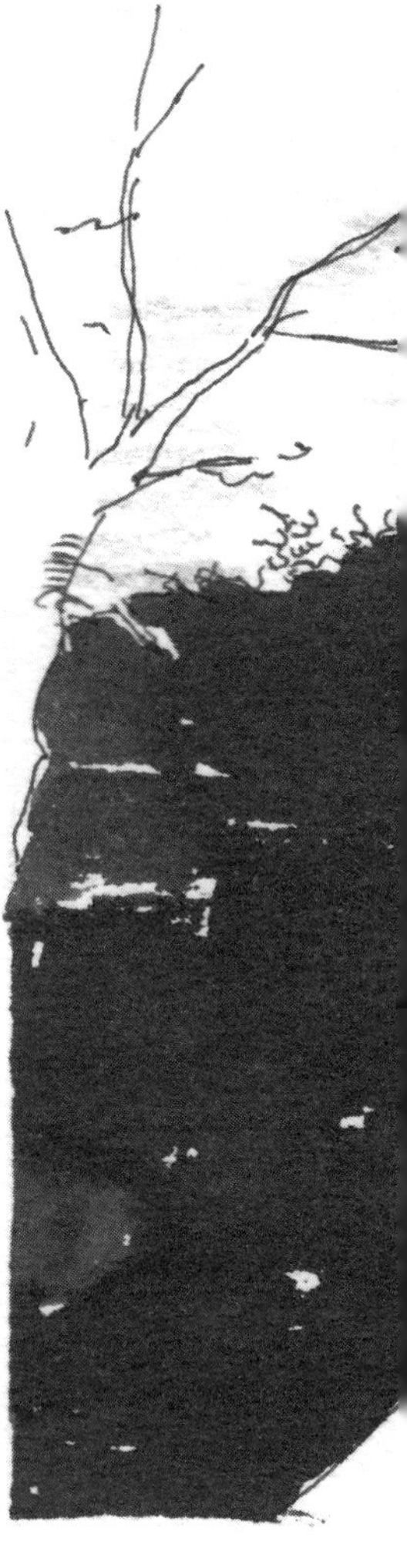

水のにおいは、夏が近づくにつれ濃くなっていく。

いや、田んぼのにおいかもしれない。甘酸っぱくて、しっとりした重みのある、いつまでも嗅《か》いでいたくなるようなにおいだ。街では、こういうにおいに気づいたことがない。栄養分たっぷりの土と若い緑に、澄んだ水が触れてはじめて生まれるにおいだ。

俺は濡れ縁にあぐらをかき、暗い表を眺めていた。細く降っていた雨は上がったようだ。かたわらでは、みきさんが火をつけてくれた蚊取《かと》り線香が白い煙を立ちのぼらせている。風はほとんどない。目と耳が夜に慣れてくる。神去山《かむさりやま》の稜線が、闇のなかでもひときわ黒い。草むらや裏の畑で蠢《うごめ》く小さな生き物の気配がする。バッタが羽を乾かし、ウサギは露に濡れた新鮮な葉っぱをかじっているのだろう。

神去村では、人家の近くに出没する獣の被害が、まだそれほど深刻ではなかった。奥山に深い森が広がっているおかげで、猿も鹿も猪も、よほど凶作の年じゃないかぎり、食い物に困らないらしい。わざわざ危険を冒して、村の畑まで出てくるようなことはしない。だから、やつらの姿を見かけることはめったにない。

俺も山で仕事をしていて、何度も動物の気配を感じた。ヘルメットに杉の葉が落ちて、「なんだろう」と思って見上げたら、枝ががさがさ揺れ、なにものかの影が素早く去っていくところだった。

「いたずら好きの子猿に、からかわれとるんや」

とヨキは笑った。「おまえも以前、猿と同じいたずらしよったなあ」

鹿の糞《ふん》が転がってるのも見たし、峠を車で走っていて猪と遭遇したという話も聞いた。

でも基本的に、人間と動物は棲《す》み分けをしている。棲み分けできるぐらい、山が豊かだってことだ。じゃあ、裏の畑に侵入してるウサギはなんなのかというと、繁《しげ》ばあちゃんいわく、

「ヨキのあほたれのせいや」

とのことだ。

だいたいウサギは、警戒心が強くてすばしっこい。山に足跡が残っていたり、草の合間に白い尻尾がのぞいていたりすることはあるけれど、全身をまじまじと見る機会なんて、そうはない。ところがヨキは数年前、山の斜面でスライディングタックルして、茂みのなかにいたウサギを捕まえたんだそうだ。本当に人間なんだろうか。山猫並みの運動神経と狩猟本能がある。

木箱と金網を使って、ヨキは庭にウサギの小屋を作った。キャベツや大根の葉を与えてかわいがったらしいが、自由に生きてきたウサギからしたら、とんだ災難だ。ある朝、ヨキの隙をついて脱走した。

「ところが、餌《えさ》の味を忘れなかったらしいんや」

と繁ばあちゃんは言った。「それからや、村の畑にウサギが来るようになったんは」

ウサギは一族郎党を引きつれ、たまに畑でディナーを摂《と》る。でも神去村のひとたちは、ここでも「なあなあ」の精神を発揮して、あまり対策を講じていない。

「一族がこれ以上繁栄するようやったら、畑に網をめぐらせんとあかんなあ」

「そやなあ」

のんびり言って、それきりだ。

「山のもんを、ひとの住む場所に入れてはあかんねぃな。山は山、ひとはひとや。俺たちは山にお邪魔させてもらっとるんや、ちゅうことを忘れては、神去の神さまに怒られるねぃな」

ヨキは三郎じいさんにそう叱られ、山の動物を飼うことに懲《こ》りたらしい。

ヨキの趣味って、なんなんだろう。俺は濡れ縁で考える。動物とか子どもとか、予測のつかない動きをする生き物は好きみたいだけど、いまはノコしか飼っていない。娯楽の少ないこの村では、山で毎日仕事する以外に、時間の潰しようがない。ヨキみたいなやつが、よくそれで辛抱できるなあ。あ、辛抱できないから、名張《なばり》のスナックに行ってたのか。

俺は夜の時間をもてあまし、退屈していた。テレビを見ようにも、チャンネルが少ない。チェーンソーの目立てをしたら、あとはもう晩飯を食ってから寝るまで、なにもすることがない。つまんねーよー！　こだまするぐらい叫びたい。つまんねーよー！

山間の村の梅雨《つゆ》ってのは、ほんっとにひとをユーウツにさせるんだ。じめじめじめじめ、湿気がただごとじゃない。四方八方の山から霧が押し寄せ、けっこう底冷えもする。洗濯物は全然乾かない。茶の間にストーブを焚いて、作業着やら下着やらを吊《つる》すぐらいだ。みきさんのブラジャーの下で飯を食うのは、なんだか気詰まりだ。繁ばあちゃんのズロースとか、まじで見たくない。

ただでさえ、山にさえぎられて日照時間が少ない神去村では、梅雨になると太陽の存在を忘れてしまいそうになる。冬のシベリアかっていうぐらい、インインメッツとしてくる。

それで俺は、気分転換に濡れ縁でボーッとしていたんだ。いまいましい霧も、その夜は神去川の川面に留《とど》まって、村にあふれてこなかった。視界は良好。空にはまだ厚い雨雲がかかっていたけれど、ひさしぶりに目にする神去山の黒い稜線は、なんだか心を落ち着かせてくれた。

裸足の爪先に湿った感触がすると思ったら、ノコが濡れ縁に前脚をかけ、鼻を押し当てている。

「おい、そんなとこ嗅ぐなって」

足を引っこめ、頭を撫でてやると、ノコは喜んで濡れ縁に上ってきた。腿《もも》に乗りあがって、俺の頬を舐《な》める。おかえしに、抱えるようにして背中を掻いてやったら、ちぎれそうな勢いで尻尾を振った。

かわいくて、賢い犬だ。飼い主のヨキとはおおちがいだ。

橋のほうから軽トラックのエンジン音がし、ヘッドライトが庭木を照らした。ノコが濡れ縁から下り、門口に走っていく。軽トラックはクラクションを二、三度鳴らし、ゆっくりと庭に入ってきた。運転席から下りたヨキが、ノコを足もとにまといつかせながら助手席側にまわる。ノコはやっぱり、ヨキを一番好きなんだ。離れていってしまったぬくもりが、ちょっとさびしくて悔しい。

ため息をついた。あー、俺、どんぐらい女の子としゃべってないんだろう。出家したつもりはないのに、いつのまにか、なんだか清らかすぎる生活になっている。

気分が沈みがちなのは、梅雨のせいだけじゃなかった。本当はわかっていた。俺は花見の日からずっと、直紀《なおき》さんのことばっかり考えていたんだ。でも、からかわれるのがいやで、だれにも言えずにいた。

「おかえり」

モンモンとする思いを振り払って立ちあがる。ヨキは、助手席に座っていた繁ばあちゃんを背負ったところだった。

「おう、勇気《ゆうき》。ちょうどええ、ちょっと来い」

両手がふさがったヨキのかわりに、背中の繁ばあちゃんが手招きした。

「なんだよ」

「そこの田んぼに、今年はじめての蛍《ほたる》がおるで」

「えっ」

ヨキは繁ばあちゃんをおんぶしたまま、また門口のほうへ取って返す。俺は急いで家のなかに入り、茶の間を横切って土間でゴム草履を履いた。台所で洗い物をしていたみきさんに声をかける。

「みきさん、蛍がいるらしいですよ。行きましょう」

「ほたるぅ?」

俺の勢いに気圧《けお》されているみきさんの手を取り、ついでに蛇口をひねって水を止め、玄関から走りでた。ヨキは家のまえの道に立って、待っていた。ノコも一緒だ。

「あら、あんた帰っとったの」

と、みきさんは言った。「ばあちゃん、今日はどうやった」

「ええ湯やった」

と、繁ばあちゃんがヨキの背中から答えた。久居《ひさい》のデイケアセンターでの入浴を、繁ばあちゃんは楽しみにしている。

「それとな、下《しも》の村田のじいさん、いよいよあかんらしいのや。今日も来とらんかった」

「この春まで元気やったのに」

「もう年やから、なっともしゃあない（なんともしかたがない）。近いうちに葬式やろから、準備しておき」

「はいな」

殺伐としてるんだか、すべてを受け入れてあえて実務に徹してるんだかわからない会話を、繁ばあちゃんとみきさんはのんびり交わす。「なあなあ」かつ「なっともしゃあない」で物事にあたっていく覚悟と強さがないと、生まれる人数より死ぬ人数のほうがずっと多い神去村では、やっていけないのかもしれない。

「こっちや」

とヨキは言い、川べりの田んぼのほうへ歩いていく。オレンジ色の常夜灯と、家々の軒先からこぼれるわずかな光があるだけで、道はほとんど真っ暗だ。坂を少し下ると、水のにおいが強くなり、川音が静けさをいっそう際立たせた。

夜の闇があまりにも深くて、俺は少し怖くなった。周囲の山の影がのしかかってくる気がする。音だけを響かせる川が、霧ごとせりあがってくる気がする。

「ほら」

とヨキが指さす。目をこらすと、かすかな明かりが浮かびあがった。薄黄緑の小さな光が、水田のうえを飛び交っている。

「何度見ても、きれいなもんやなあ」

みきさんがうっとりした声で言った。

「はじめて見た」

と、俺は言った。

「はじめて!?」

ヨキはびっくりしたようだ。「今年はじめてじゃなく、生まれてはじめてか?」

「うん」

蛍——それも自然発生した蛍なんて、俺の生まれ育った街には一匹もいなかった。

なんだか不思議な虫だ。近くの稲にとまった蛍を、顔を近づけて眺めてみる。淡く光ると、小さく黒い虫の姿が一瞬だけあらわになる。本当に尻が光っている。すぐに闇に溶けこみ、また光る。

炎とも電気とも星や月や太陽ともちがう、これまで見たことのない色と質感の光だった。輪郭があやふやで、触れたときの温度を想像しにくい。冷たいようでも、火傷《やけど》しそうでもある。そういう光が、ふわふわ漂ったり静止したりしながら、田んぼのあちこちに灯っている。夜を少しだけ照らしだす。

さっき感じた怖さは、もう消えていた。

「ここいらにおるのは、平家蛍や」

とヨキは言った。「これからどんどん数が増えるで。恋の季節やな」

横目でヨキをうかがう。にやにやしてやがる。お見通しらしい。こういうことには、勘が働くやつなんだ。

「あ、電話が鳴っとる。うちやわ」

みきさんが足早に家のほうへ戻っていった。すごい聴覚だ。俺とヨキとヨキに背負われた繁ばあちゃんも、蛍見物を切りあげて歩きだす。

「なあ、勇気。なんぞ聞きたいことあるんとちゃうか?」

ヨキは畳みかけるように言った。繁ばあちゃんが聞き耳を立てている。

「ヨキの趣味がなんなのか、聞きたいかな」

「とぼけるねぃな」

「とぼけてない。雨ばっかりで、仕事が終わってから暇なんだ。ヨキはこういうとき、なにをして過ごすんだ?」

「そりゃおまえ……」

みきさんの背中との距離を目で測り、ヨキは声をひそめた。「ねえちゃんと遊ぶんや」

「趣味が夜遊びかよ」

予想どおりの返事で、かえってあきれた。「名張のスナックで？」

「材木売りにいくときは、名古屋でも遊ぶで」

「ぐっしっし」と笑ったヨキは、「聞こえとりまっせ」と繁ばあちゃんに頭をはたかれた。

ヨキの余暇の過ごしかたは、俺にとってはなんの参考にもならなかった。本当に聞きたかった直紀さんのことも聞けないままだ。実のない会話をしてしまった。

「しかしおまえ、余裕出てきたなあ」

と、ヨキが言った。

そのとおりかもしれない。春には、仕事を終えてからの時間をどうしよう、と考える間もなく眠っていた。でも、体力だけはある俺は、村での暮らしにだんだん慣れてきていたんだ。

雑誌も洋服も満足に売ってない土地に、若者が慣れたりしていいもんだろうか。そう思って自分でもあせったんだけど、これがけっこう平気なんだよな。ないならないで、「まあいっか」って気持ちになる。流されるまま神去村に来ちゃったように、状況に反抗する気概ってもんが俺にはたりない。とにかく面倒くさがりっつうか、適応力が高いっつうか。それって善し悪しだなって思うんだけど。

あ、話がそれたな。俺とヨキと繁ばあちゃんは、湿っぽい空気のなかを家に戻った。そしたら茶の間でみきさんが、ちょうど受話器を置いたところだった。

「村田のおじいさん、亡《の》うなりさんしたて」
と、みきさんは静かに言った。

よっぽどひどい雨じゃないかぎり、山仕事は休みにならない。梅雨のあいだも、俺たちの班は山に入って働きつづけていた。

六月末にするべき作業は、主に下刈《したが》りだ。気温が上がったところへ、たっぷり雨が降るもんだから、山では猛烈に草が丈をのばしていた。特に、春に苗木を植えたばかりの西の山の中腹がすごい。放っておくと、杉が草の勢いに負けて、育たなくなってしまう。

それで、杉があるていど生長するまでは、六月と八月の年二回、下刈りをする。樹高がある杉の森の場合、八月だけでいいそうだ。だけって言ったって……。どっちにしろ、一年に最低一回は、山じゅうの草を刈ってまわらなきゃいけないわけで、気が遠くなる。林業ってほんとに手間がかかるものだ。そのわりには、「斜陽産業」と言われるほど採算が悪いし、でも手入れをしなければ山は荒れるばかりだし、好きじゃないとできない仕事だ。

「木を植えれば環境保護や、ちゅうのは、都会のひとの考えや」
と、巌《いわお》さんは言った。花粉症の季節が終わったので、嬉々として西の山を登っていく。あいかわらず霧雨が降りつづけて足場が悪いけど、気にするふうでもない。
「森が酸素を増やす、て言うけど、木も生き物や。呼吸する。当然、二酸化炭素だって出すで」

「言われてみれば、そうですね」

俺はなんとなく、植物は二酸化炭素を吸って酸素を出すだけだと思ってた。だけどそれは、光合成においては、ということで、酸素を吸って二酸化炭素を出す呼吸も、植物はもちろんフツーに行っているんだ。

「だからな、人間の都合で木を植えまくって、それで安心したらあかんのや。やっぱり、大切なのはサイクルやな。手入れもせんで放置するのが『自然』やない。うまくサイクルするよう手を貸して、いい状態の森を維持してこそ、『自然』が保たれるんや」

巌さんはそう言って、手にした大きな鎌で草を刈りはじめた。

「だから勇気、『草がかわいそうー』なんて、アホなこと言うなや」

ヨキが声色を使って俺をからかう。地ごしらえのときの俺の反応を、しつこく覚えているらしい。

「言わないって」

むっとしながら、俺も斜面で鎌を構える。「ところで、村田のおじいさんでしたっけ？　お葬式に行かなくていいんですか」

「村やんは急なことやったなあ。そないに悪いとは思うとらんかった」

三郎じいさんが肩を落とす。「俺は今日、早退《はやび》けして通夜に行くつもりや」

「明日の葬儀には、全員で参列しよう」

と清一《せいいち》さんは言った。「勇気、喪服を持ってるか？」

俺は村に普段着しか持ってこなかった。卒業しちゃったから、高校の制服ってわけにもいかないし、横浜の家に電話して取り寄せようにも時間がない。

「俺のスーツと数珠《じゅず》を貸そう」

と、清一さんが言ってくれた。葬式には香典ってのを持ってくんだよな。いくらぐらい包めばいいんだろう。こういうことを考えてると、「俺も社会人になったんだなあ」って気持ちになる。

清一さんたちの説明によると、神去村では冠婚葬祭のとき、地区単位で住民が協力するんだそうだ。俺は面識ないけど、今回亡くなった村田のおじいさんは、下地区のひとだ。下地区は昨日から通夜と葬儀の準備にてんてこまいで、女のひとたちは料理を作り、男のひとたちは祭壇を作ったり棺桶《かんおけ》の手配をしたりしているらしい。俺が住んでるのは、村の奥にある神去地区だから、葬儀に顔を出すだけでいい。

薄い霧が、谷のほうから這いあがって足もとを流れていく。

俺たちは横一列になって、尾根に向かって草を刈った。柄の長い鎌は、俺の二の腕の高さまである。腰をかがめなくていいから負担は少ないけれど、扱いがむずかしい。

ヨキは楽々と大鎌を振るっている。死神みたいだ。杉の若木をうまく避けて、周囲にはびこる草をどんどん刈る。列のなかで、俺だけが遅れはじめた。

「あせらなくていいぞ」

清一さんが振り返った。「足を切らないように気をつけろ」

そう言われたとたん鎌の刃先がすべり、俺はなんと、草ではなく肝心の杉の若木をすっぱり切り倒してしまった。やべっ。あわててしゃがみ、問題の若木を地面に挿してみた。杉は挿し木しても根が生えてくるもんだろうか。こなさそうだな。これじゃごまかせないか……。

気配を感じて振り仰ぐと、ヨキが仁王立ちしている。こういうときにかぎって目ざといんだ。

「アホかー！」

ヨキの怒声が山腹に響いた。「飯の種をちょん切るやつがおるかボケェ！」

わわわ。俺は身を縮め、

「すみません！」

と必死に謝った。謝っても、若木はもうもとに戻らない。

「まあまあ」

と三郎じいさんが取りなし、

「はじめてなんやから、しゃあない」

と巌さんが斜面を下りてきた。「若木の近くの草を刈るときはな。まず、幹の根もとに沿って、刃を上向きに立てる。鎌の背中から、草むらに押し入れるようにするんや」

俺の手を取って、鎌の扱いかたを教えてくれる。

「入れたら、鎌を外がわに倒して、手前に引く。どうや、こうすれば絶対、杉には刃が触れんで草だけ刈れるやろ」

「はい」

コツをつかんだ俺は、気を取り直して下刈りを続行した。しばらくそばで様子を見ていた巌さんも、「その調子や」と俺の肩を叩き、自分の持ち場に戻った。ヨキだけが死神の眼光でにらんでくる。わかったって。今度はちゃんとやるって。

雨と霧と汗で、作業着も髪も重く濡れはじめた。少しでも動きやめると、体温が奪われて寒い。昼の休憩では、山腹で焚き火をした。眼下に見える山の木々に、うっすらと靄《もや》がかかっている。遠くの山の頂には、白い雲がかぶっている。薄い霧はひっきりなしに地面を這いのぼる。

「今日は全員、早じまいにしたほうがいいかもしれないな」

清一さんは言い、焚き火を消して念入りに土をかけた。

三時をまわり、そろそろ下山しようかというときだった。そのころには、俺たちは中腹の草をほぼ刈り終え、けっこう高い位置まで登ってきていた。

「おい、神おろしや」

三郎じいさんが緊張をはらんだ声を出したので、俺は鎌を振るう手を止めた。ヨキは神去山のほうを見ている。

神去山の山頂から、白い雲がいっせいになだれ落ちていた。いや、雲じゃなく霧だ。すごく濃い霧が波のように斜面を下り、瞬く間に集落まで押し寄せていく。

全員がなんとなく、清一さんのもとに集まった。ヨキが小声で鋭く、「ノコ!」と呼ぶ。斜面で遊んでいたノコが駆けてくる。気のせいかもしれないけど、尻尾の巻きがいつになく固いようだった。

「神おろしってなんですか」

俺は小さな声で尋ねた。

「神去山から、ああやって霧が流れ落ちることだ」

と清一さんが言った。「あれが起こると、まわりの山も……」

言い終わらないうちに、俺たちのいる西の山にも変化があった。それまでは谷から薄い霧が上がってくるだけだったのに、つかのま、霧の動きが止まったと思ったら、今度は尾根方向からなだれをうって、乳白色の霧が下りてきたんだ。

「うわっ」

あっというまに、俺たちは真っ白な闇に包まれてしまった。すぐ近くにいるはずなのに、清一さんやヨキの姿が見えなくなる。

音が霧に飲みこまれていく。自分がちゃんと地面に立っているのかどうかも、おぼつかない。俺はパニックを起こしそうになった。

「静かに」

清一さんがささやいた。「大丈夫だ。じっとして」

俺は地面に立てていた鎌の柄を強くつかむ。大丈夫だ。ちゃんと、ここにいる。霧のなかで呼吸を整え、動揺を鎮める。

ドーン、ドーンと、太鼓のような音が低くした。神去山が鳴っている。ついで、かすかな鈴の音《ね》が響く。幻聴かと思ったけど、ちがう。シャンシャンと澄んだ音が、西の山の尾根から下りてきて、俺たちのすぐ横を通り抜けた。俺はもう、体がすくんでしまって、指一本も動かせない。まばたきもせず、立ちすくんでいた。

なんだ？　いま、なにが通った？

鈴の音は谷のほうへ消えていき、永遠にこのままかと思われた濃い霧も、少し経つと薄らいでいった。

全員が同時に息を吐いた。金縛りが解けたみたいだった。霧が晴れ、班のみんなの顔が見えるようになった。さっきまでは気配も感じ取れなかったけれど、思ったよりもそばに立っていた。

「なんですか、いまの」

俺は呆然として言った。

「だから、神おろしや」

と、ヨキはいつもどおりの態度だ。

「神おろしのあいだは、しゃべってはいけないんや」

巌さんが、肩をまわして凝《こ》りをほぐす。「神去の山じゅうに住む神さんたちが、霧にまぎれて出歩かれるでな」

「こんなに豪勢な神おろしは、ひさしぶりやなあ」

三郎じいさんは感激しているようだ。

いや、そうじゃなくてさ。と、俺は言いたかったね。神さまとか、そんなあやふやなもんじゃなくて、聞こえたでしょう。妙な太鼓と鈴の音が。俺たちのすぐ横を、なにかが通っていったでしょう。あれが神さま？　あのひんやりして、取りつくしまもないって感じに静かななにかが？

　でもみんな、そのことにはまったく触れないんだ。

「さて、撤収しようか」

　と清一さんが言って、

「そうだな」「んだ、んだ」と、呑気に斜面を下っていく。あの音を聞いたのか聞かなかったのか、不思議な気配を感じたのかどうなのか、まったくわからない。

　山の生き物は、山のもの。山での出来事は、神さまの領域。お邪魔してるだけの人間は、よけいなことには首をつっこまない。

　神去村の人々の剛胆さというか、なあなあぶりを、俺は改めて思い知った。

　その夜は、集落に霧がまだ薄く凝《こご》っていて、田んぼに蛍は飛んでいなかった。


　村田のおじいさんの葬式には、神去村のほとんどすべての住人が参加していたんじゃないだろうか。

　村田家は下地区の真ん中にあった。このあたりまで来ると、神去川流域も少し土地が拓けて、神去地区よりは田んぼが多い。川と交差する形で、旧伊勢街道が通っている。江戸時代には、伊勢神宮にお参りするひとでにぎわっていたんだそうだ。いまでは想像がつかないけど、街道沿いにはたしかに、昔の旅籠《はたご》みたいな二階屋が何軒か残っている。

村田家は街道からはちょっと引っこんでいて、前庭が広くて母屋と蔵がある、典型的な農家のつくりだった。

弔問客は前庭にまであふれ、座敷ではオレンジ色の派手な装束をつけた坊さんが経を読んでいる。清一さんに借りたスーツは、サイズもちょうどよかった。俺は焼香をすませ、ヨキと一緒に庭の隅っこに立った。村田のおじいさんとは話したこともない。でもやっぱり、泣いてる家族を見ると、俺まで悲しい気分になってくる。

気を紛らわせるために周囲を観察した。葬式だってのに、ヨキは髪の毛が金色のままだ。目立つ。清一さんと三郎じいさんは、座敷で正座している。祭壇には、村田のおじいさんの写真が飾られている。正直かつ頑固に生きてきた、って感じの顔だ。祭壇のまわりには、住人が捧《ささ》げた供物《くもつ》が並べられている。大きな籠《かご》に缶詰とか果物とかが盛ってあって、透明なセロファンでパックされている。「いまどき缶詰をもらってもなあ」という気もするけど、そういう決まりなんだろう。

よくわかんないのが、祭壇に差してある木の枝だ。つやつやした緑の葉をいっぱいつけている。

「しきびや」

とヨキは言った。「墓参りのときにも持ってく。おまえんとこでは使わんか?」

うーん、どうなんだろう。見たことなかった。お盆の墓参りにも、葉っぱのついた木の枝は持っていかないなあ。花は持ってくけど。

「香りがあって長持ちするでな。ここいらでは墓地に植えてあって、葬式や法事のときに切ってくるんや」

ヨキの説明を、俺は半分も聞いていなかった。前庭の弔問客のなかに、直紀さんの姿を発見したからだ。喪服を着た直紀さんは、伏し目がちに祐子《ゆうこ》さんとなにか話していた。

「お、直紀や。今日は土曜やからな」

ヨキはにやつきながら俺の反応をうかがう。俺は表情を変えず、でも頭のなかはグルグルしていた。

土曜だから葬儀に参列できた、って意味だろうか。神去村では、大半の住民が農業か林業で生活している。わりと自由に、自分の都合で休みを決められるんだ。それができないってことは、直紀さんは役場か会社で働いてるにちがいない。花見のときに、「出張」って言ってたし。

俺はとうとう意を決して、ヨキに聞いた。

「直紀さんて、どこに住んでんの？　清一さんや祐子さんと親しいみたいだけど」

「あーん？」

ヨキのにやにやがひどくなった。「気になるんか」

「べつに」

「ええて、ええて、遠慮すな」

小突いてくる。ほんとにむかつくやつだ。

「直紀はな、中地区《なか》に住んどる。さっき車で神社のまえを通ったやろ？　あの近くや」

「へえ」

中世にこのへんを治めていた一族の氏神だとかで、立派な神社だった。郵便局や役場もそばにあるから、なんかの用事のついでに、ちょっと家を見てこよう。いや、それじゃストーカーか。

「祐子さんと親しいのは、あたりまえやな」

と、ヨキは話しつづけている。「直紀は祐子さんの妹や」

「えっ」

ちょうど読経が終わったところだったから、俺の声は庭に響いた。視線が集まる。巌さんが蔵の横から、「しーっ」と注意を寄越した。

「ついでに、神去小学校の先生や」

ヨキは注目をものともせず、平然と言った。

先生！　俺が一番苦手とする職業だ。だけど、直紀さんみたいに若くてきれいな女の先生って、いいな。俺も神去小学校に入学したい。そしたらちょっとは、勉強に身が入ったかもしれない。

よし、素性はわかったし、あとは接近あるのみだ。直紀さんのほうにさりげなく歩いていこうとしたら、ヨキに襟首《えりくび》をつかまれた。

「こら、どこ行くんや。出棺やで」

「いや、ちょっと挨拶に」

「だれにや。ええから、これつけろ」

ヨキが差しだしたものを見て、「冗談だろ」と思った。白い紐に、小さな三角の布きれがついている。

「これって、お化けが額につけてる布？」

「そうやな」

「なんでそれを、俺がつけなきゃなんないんだよ」

「おまえだけやない。男はみんなつける」

そう言ってヨキは、自分のぶんの三角の布を、鉢巻きの要領で額に結びつけた。見ると、座敷と前庭に集った男が全員、お化けルックになっている。

「変だろ！」

と俺は訴えた。「お棺のなかの村田のおじいさんがつけるのは、まだわかる。でもなんで俺たちまで」

「なんでか知らん。しきたりや。昔はこの恰好で野辺《のべ》送りしたらしいで。いまは火葬やから、出棺のときだけでええんや。ほら、さっさとつけんかい」

いい年をした黒いスーツ姿の男が、額に三角の布をつけ、神妙な顔で列をなす。ものすごく妙ちくりんだ。そのあいだを棺はしずしず進み、表に停まっていた黒塗りの車に乗せられた。クラクションが別れの挨拶をする。

火葬場までは同行しない参列客が、それぞれの家へ帰っていく。動きはじめた人波のなかで、直紀さんと目が合った。気恥ずかしくなり、額の三角をむしり取る。まったく神去村には、謎な風習がたくさんある。十代の男子にはつらいぜ、ほんと。

清一さんが祐子さんに、

「帰ろうか」

と声をかけている。「直紀、うちに寄るか」

「そうしようかな。晩ご飯の仕度、なにもしとらんのや」

「じゃ、食べていきなさいよ」

と祐子さんが言った。俺はドキドキした。山太《さんた》は繁ばあちゃんと、ヨキの家で留守番している。清一さん夫婦は山太を迎えに寄るはずだから、直紀さんもヨキの家に一緒に来るかもしれない。

「顔ゆるんどるで」

とヨキが言った。

「布、つけたままだよ」

と俺は言った。ヨキは、「お、そうやった」と、額からようやくまぬけな布をはずした。

予想どおり、直紀さんはヨキの家に立ち寄った。予想とちがったのは、下地区から神去地区まで、喪服姿でバイクに乗ってきたことだ。すげえな。俺はヨキが運転する軽トラックの荷台で、ただただ感嘆した。直紀さんは黒いロングスカートをまくりあげ、山道を走る軽トラを追尾してくる。あんまり見ると、誤解されるかもしれない。しなやかな直紀さんの脚から目をそらし、空を見上げた。ひさしぶりに雲が切れて、晴れ間がのぞいていた。

清一さん夫婦は繁ばあちゃんに礼を言い、山太をつれて、すぐに帰ってしまった。山太が眠くてぐずったからだ。せっかくのチャンスだったのに、山太め。俺は言葉を交わすこともできないまま、バイクを押して中村家へ去っていく直紀さんを見送った。

「直紀を口説くのはむずかしいで」

と、ヨキがわざとらしく腕組みし、

「からかわんとき」

と、みきさんに背中をはたかれた。

「なんや、勇気は直紀みたいな跳ねっ返りが好きなんか」

繁ばあちゃんが「ふぇふぇ」と笑う。いやだ、この村。秘密にしておくってことができないんだもん。

でも、めげてはいられない。まずはとにかく、なんとかして直紀さんと話すことだ。

夕飯を食べた俺は、作戦を練るために散歩に出た。清一さんの家をうかがう。直紀さんはもう帰っちゃったかな。訪ねていく勇気はなかった。名前負けしてて、情けない。

ストーカーっぽくなく、直紀さんに近づく方法はないだろうか。俺は田んぼへ足を向けた。用水路を流れる水の音がする。空にはたくさんの星がまたたいている。あと二週間もすれば梅雨が明ける。そうしたら、小学校も夏休みだ。そうだ、村を挙げての夏祭りがあると聞いた。

それに直紀さんを誘ってみるのはどうかな。年下は好みじゃないかもしれないけど、そこはまあ、徐々に仲良くなっていくってことで。

田んぼの蛍は、このあいだよりも数が増えていた。空の星が落ちてそのまま光る虫になったんだと言われても、そのときの俺は信じただろう。点滅するたくさんの淡い光を見るうち、俺の心は燃え立ってきた。

誕生日の数だけ、命日は用意されている。ぼんやりしている暇はないんだ。

まずは清一さんの家へ行こう。当面の目標は、まともな会話をすることだ。そう決めた俺は、来た道を戻りはじめた。すると向こうから、バイクのエンジン音とともにヘッドライトが近づいてくる。思わず道の真ん中に飛びでて、大きく両手を振った。

バイクが停まり、ヘルメット越しに直紀さんが俺を見た。

「こんばんは」

と俺は言った。「えっと、平野《ひらの》勇気っす」

「花見のとき聞いた」

と直紀さんは言った。すぐにも走り去ってしまいそうだ。なにか言わなきゃ、とあせる。徐々にもなにもない。まずい、と思ったときには、もう口から出ていた。

「あの、俺とつきあってください！」

「私、好きなひといるから。じゃ」

秒殺。赤いテールランプが橋を渡り、暗い夜の山道を遠ざかっていった。

俺はとぼとぼとヨキの家に戻った。繁ばあちゃんが、「お茶飲むか？」と声をかけてきたけれど、ろくに返事もできないまま、布団をかぶって寝た。

直紀さんの好きなひとって、だれだろう。もうつきあってるのか、それとも単に、俺の告白を断る口実だったのか。

なんにしても、急ぎすぎた。もっと慎重に、直紀さんに俺のことを知ってもらわなきゃだめだ。俺も直紀さんのこと、よく知ってるわけじゃないしな。頑張るんだ、俺。「ハマの種馬」と呼ばれた男の、自信を取り戻せ。呼ばれたことないけど。

どうにかこうにか気力を奮い立たせ、朝を迎えた。仕事をする意欲は著《いちじる》しく減退していたが、見習いだからそうも言っていられない。ヨキは朝から、髪を黒く染め直すか否かで、みきさんと喧嘩している。ガキみたいだ。

作業着に着替えてヨキを待つあいだ、田んぼを眺めた。ゆうべあんなにいた蛍は、どこで眠っているのか見あたらない。俺は、「あ」と小さく声を上げ、畦《あぜ》にしゃがんだ。

稲の葉が、根もとから五つにわかれて天へのびていた。最初は雑草みたいだったのに、いつのまにこんなに大きくなっていたんだろう。

白い霧とともに山から下りてきた神さまたちは、そっと稲に触れ、葉をやわらかく湿らせて、季節を確実に進めていたのだった。

みきさんの実家である中村屋は、村人から「百貨店」と呼ばれている。食料、日用雑貨から肥料まで、狭い土間になんでも並んでいるからだ。

山太のお気に入りは、中村屋で買った青い水鉄砲だ。繁ばあちゃんから、「百貨店で好きなん買《こ》うてき」と小遣いをもらい、自分で選んだものだった。

神去村には、若い住人があまりいない。高校生以上は、学校に通うために町で下宿生活を送っている。中学生以下の子どもは、神去地区ではなんと山太だけだ。

当然、山太の遊び相手として、俺が指名されることになる。夏のあいだじゅう、俺は水鉄砲の的になりつづけた。まあ、すぐ乾くからいいんだけど、遊んでる場合じゃないんだがなあ。

山の彼方にもくもく湧いた入道雲を見て、ため息をつく。ため息をついたとたん、眉間に水が命中する。山太がきゃっきゃと笑いながら走り去っていく。

梅雨が明けるのを待ちかねていたように、暑さはどんどん増していった。

蟬の声が、神去村を囲む山々から降ってくる。空気が澄んでいるぶん、日射しが直接肌に刺さって、ひりひりする。ぬるい風に乗って、草いきれのにおいが家のなかまで入ってくる。稲は穂をのばし、トウモロコシが茎《くき》にたがいちがいに実り、スイカはそこらの畑にごろごろしている。夏まっさかりだ。

でも、林業に夏休みはない。

うだる熱気のなか、俺は班のメンバーと山で仕事しつづけていた。汗でずぶ濡れで、作業着を着ている意味があまりない。頭が蒸れて、ヘルメットをかぶっていたくない。水筒に入れたお茶だけでは追いつかないから、昼は必ず沢の近くで休憩した。みんなで沢の水を飲み、午後に備えて、空《から》になった水筒も満たす。

下刈りをしてもしても、山のあちこちで草が繁る。間伐《かんばつ》するのにも、その木を運び下ろすのにも、ふだんの数倍の体力が必要だった。

夏のあいだ、下刈りで気をつけなきゃいけないのは、ダニに嚙まれることだ。ダニといっても、絨毯《じゅうたん》に住みつくようなやつとは全然ちがう。山のダニはでかい。五ミリはゆうにあり、肉眼ではっきり見える。袖をまくりあげて作業していたら、ダニが腕を這いのぼった。丸く膨れた腹を持つダニと、確実に目が合ったと思ったね。でかさと形状の気色悪さに悲鳴をあげると、「やかましいわい、ボケェ！」とヨキが叩きつぶしてくれた。それからは、どんなに暑くても腕まくりはしない。

ところが山のダニも負けてない。作業服の隙間から侵入し、嚙みついてくるんだ。嚙まれるとむちゃくちゃ痒い。俺は内腿をやられた。やつらは皮膚のやわらかいところを、ちゃんと狙ってくる。

下刈りの最中に、なんだかチクッとしたんだ。最初は気にしなかったんだけど、そのうち痒くなってきた。我慢できない。班のメンバーは少し離れた斜面で作業してて、幸いこっちを見ていない。作業の手を止め、ズボンを下ろして股を覗きこんだ。内腿にダニがくっついてる。「ぎゃ」と思って指で潰し、下刈りを続行した。でも、痒みは止まらないどころか、どんどん激しくなってくる。蚊に刺されるのなんて比べものにならないぐらい、猛烈な痒さだ。痛さと紙一重の刺激が、神経をびりびり震わせる。

帰宅して改めて内腿を観察した。掻いたもんだから、肌が真っ赤だ。畳に座り、脚を広げて上半身を丸める。患部に目をこらすと、嚙まれたらしき一点から、極小の突起が二本生えてる。ものすごく小さなクワガタの角が、突き刺さってるみたいな感じだ。なんだろ、と少し考えてわかった。

ダニの歯（？）だ。やつは潰されても、突き立てた歯を離さなかったんだ。

執念と歯だけ肌に残ってる事実にぞっとし、俺はまた悲鳴を上げた。襖がスパンと開き、ヨキに頭をはたかれた。

「やかましっちゅうねん！　どないしたんな」

これ、これ、と指し示すと、ヨキは畳に腹這いになって、俺の内腿に顔を近づけた。「うわ、ほんまや。もうちょっとで急所を嚙まれるところやったな」

俺のムスコが、この痒さと気色悪さに見舞われたとしたら。想像するだけで哀しい気分になる。ヨキはピンセットを取ってきて、案外器用にダニの歯を抜いてくれた。キンカンを塗ると、掻きむしったせいでものすごく染みた。そのあと一カ月は、激しい痒みが持続した。

ダニは防ぎようがないから困る。気温と湿度が上がる夏の山は、ほんとに危険でいっぱいだ。だけど、木陰と朝夕は涼しい。斜面に生えた木の根もとに腰を下ろし、青い空と緑に覆われた神去村を眺める。ひぐらしの鳴く声にうながされ、オレンジ色に染まった薄い雲の下を歩いて帰る。そんなとき俺は、「ああ、きれいだなあ。楽しいなあ」と、心の底から思うことができた。

あ、でも、木陰と沢の近くも油断しちゃいけない。じめじめして薄暗い場所には、ヒルがいる。こいつらがまた、気色悪さにかけてはダニ以上だ。体温を感知して音もなく忍び寄る。服の縫い目ぐらいの、ほんのちょっとの隙間を見つけ、いつのまにか肌に吸いつく。

山にいるヒルは、もともとは体長五ミリ程度だ。薄茶色の尺取り虫か糸みみずみたいに、地面をひょこひょこ這っている。小さいし目立たない色だから、存在にまず気づけない。その隙にやつらはもう、服の内側に入りこんで肌に吸いついている。痛みはない。いや、かすかに痛がゆいときもある。服の繊維が肌にこすれて、ちょっとチクチクするときがあるだろう。その程度の違和感だ。

俺はある日、ふくらはぎのあたりに違和感を覚え、昼休憩を機にズボンの裾をまくりあげてみた。そうしたら……。ああ、思い出すのもいやだ。右脚の膝から下に二匹、左脚の膝から下に三匹、ヒルが吸いついてたんだ！　俺の血を吸ったやつらは、体長が五センチ、幅も一センチぐらいに膨らんでやがった。しかも血の色を映して、黒くなっている。そいつらが俺の肌から生えたみたいに、うねうねと全身をよじらせてる。おぞましさのあまり、「ひー！」と叫んだ。

動揺した俺は、ヒルをつまんで引っぱった。いま思うと、よくあんなものに触れたなと感心するんだけど、「取らなきゃ」と必死だった。でも、吸いついて離れないんだよ。

「あかん」

と巌さんが言った。「無理にむしり取ると、ヒルの口が残ったままになる」

血を腹いっぱい吸ったヒルは、地面に落ちて卵を産む。だから、血を吸ってるヒルを発見したら、すぐ殺さなきゃならない。とはいっても、ヒルは踏みつぶすのもちぎるのも難しい。体表面が伸縮自在で、ものすごく強靭なんだ。殺すには火しかない。

ヨキがライターの火を近づけ、ヒルをあぶった。火に弱いヒルは、ぽろっと落ちて焦げて縮んだ。

ヒルは取れたけど、血が止まらない。ヒルは吸い口から、血液を固まりにくくする成分を注入するらしいんだ。

「大丈夫や。ヒルのせいで出血多量で死んだちゅうひとは聞かん」

三郎じいさんが慰めてくれたが、結局、作業ズボンの膝から下が真っ赤になるほど出血した。ヒルの口の跡が小さな輪になって肌に残り、しばらく痒かった。

俺が新米だから、ダニやヒルの襲撃を受けたんじゃない。ベテランだって、ダニに噛まれるしヒルに血を吸われる。やつらは悪夢だ。どんな対策を立てても襲いかかってくる。でも、清一さんたちは俺とちがって、動揺しないんだよな。「ダニに食われた。痒いのう」とか、「ヒルに吸いつかれとったわ。ライター貸してや」とか、「おかわり」と言うときと同じぐらいしかテンションを上げない。

俺はだめだ。やつらのおぞましさに慣れることなんて、どうしてもできそうにない。

そういえば、盆はどうするのかと横浜の親から電話がきた。たとえ夏休みがあったとしても、帰るつもりはなかった。一時《いっとき》だって、神去村から離れたくない。毎日、退屈する暇もなく生命力を増していく村の風景を、なにひとつ見逃したくない。ダニに噛まれても、ヒルに血を吸われても。

それぐらい、夏の景色は迫力だった。

生命力いっぱいの神去村の夏には、山仕事のほかにも、することがたくさんあるんだ。

まず、畑の作物の手入れだ。朝起きたら、ヨキとみきさんと俺は家の裏の畑へ行く。ナスやらキュウリやらトマトやら、とにかくあきれるぐらい、毎日収穫物がある。放っておくわけにいかないので、片端からもぎまくる。

キュウリばかりか、ナスのヘタにも鋭いトゲというかヒゲがあって、慣れない俺はしょっちゅう、「いてぇ!」と悲鳴を上げた。都会で売られてるものとちがって、神去産のやつらは野菜までワイルドだ。トウモロコシは、実をねじるようにして茎から折り取る。

家で食べるぶんの野菜は、井戸水を張ったたらいに入れて冷やす。近所もみんな畑を持っているから、お裾分けをしても迷惑になるだけだ。余ったぶんは、みきさんが漬け物にしたり、ヨキと俺とで軽トラに積んで、農協直営のスーパーマーケットまで売りにいったりする。ふぞろいで不恰好な野菜だけど、甘みと苦みと酸味のバランスがちょうどよくて瑞々《みずみず》しい、と町のひとたちは喜んでくれる。

トウモロコシは、繁ばあちゃんに渡す。繁ばあちゃんは、トウモロコシを包んでいる葉っぱ(なのか皮なのか。謎だ)を剝ぎ取り、もじゃもじゃのヒゲも取って、大鍋で茹《ゆ》でたり、醤油《しょうゆ》を塗って七輪《しちりん》であぶったりする。

俺は夏じゅう、カブトムシと同じぐらいキュウリを食ったね。日に三本、トウモロコシも食った。気づくと山太も一緒になって、ひとんちのトウモロコシを貪《むさぼ》り食ってた。食いきれないトウモロコシは、土間の梁から吊して乾燥させる。こうしておくと、秋になっても冬になっても、実をばらして米と一緒に炊いたり、ふやかしたりして、食うことができるんだって。

畑仕事が終わったら山に入る。夕方に山仕事が終わったら、今度は畑に水をやる。近所には、老人ばかりで手がまわらない家も多い。そういう畑のキュウリやナスやトマトも、もいでもいでもぎまくる。

それからやっと晩飯だ。もう、くたくただった。しかも山以外では常に、山太の水鉄砲の照準が狙ってるんだ。気が抜けない。

ヨキの家では、濡れ縁に腰かけ、晩のデザートによく冷えたスイカを食べるしきたりだった。食卓塩の小瓶が、俺とヨキとみきさんと繁ばあちゃんのあいだを行き来する。

星空を見上げながら、種は庭に吹く。吹いたスイカの種が、空に昇って星になるんじゃないか。そう思えてくるぐらい、四人で大量に食っては吹く。

スイカのおかげで腹が冷える。トウモロコシの食い過ぎで消化不良だ。神去村の住人は、たぶんみんな、夏はずっと腹具合がいまいちだと思う。でも、新鮮でうまい野菜とスイカだから、文句はない。

問題は、畑と山で忙しく、空き時間は野菜の消費と山太との攻防に費やしてるおかげで、なにかを考える間がないということだった。なにか、ってのはつまり、直紀さんとどうやってお近づきになるか、ってことだ。直紀さんが好きなのはだれなのか、まだなんにも探れていなかった。

夏祭りももうすぐなのに、どうしよう。そう思うそばから、俺のケツは山太の水鉄砲の直撃を受けた。この村では、恋にひたることもできやしないんだ。

俺たちの班はその日、清一さんの家の庭で、床柱《とこばしら》用の木材を磨いていた。床柱ってのは、床の間で一番目立つ柱だ。部屋の飾りにもなる柱だから、おもしろい形の瘤《こぶ》があったり、表面がデコボコと波打っていたりもする。

「どうやったら、こんな木ができんの？」

ヨキに聞いても、

「企業秘密や」

と教えてくれない。

あとで知ったんだけど、割り箸を立木《りゅうぼく》の幹にびっしり巻きつけると、表面がきれいに波打つ形で育つんだって。巻きつけかたにもコツがあり、割り箸設置名人がいるんだそうだ。瘤は、幹に傷がついたり異物（虫だろう）が入ったりすることで、自然にできるものみたいだ。床柱として売り物になる形状かどうかを、しっかり見定めるのが肝心だ。せっかく切りだしてきても、単なる傷物じゃあ、どうしようもないからね。

このごろは、こだわりの家を建てるひとも多く、和室に床の間を作りたいという要望がけっこうあるらしい。床柱用の木材の注文が、また増えてきたそうだ。

床柱は単なる飾りとしてだけではなく、頑丈な床の間を作るための要《かなめ》にもなる柱だ。山で伐《ばっ》倒《とう》した床柱用の木は、長いときは四年ほども、そのまま斜面で乾燥させる。ちゃんと乾燥していない木は、強度が弱くてすぐ折れるからだ。木が歪《ゆが》んだりねじれたりしていても強度は下がる。

丸太のまま床柱に使うこともあるが、一番いいとされるのは、「芯去《しんさ》り」という形で材にしたものだ。

「芯ちゅうのは、年輪の中心部分のことや」

と巌さんは言った。「『芯去り』はつまり、中心部分を避けて、幹の外縁部だけを材にしたもんやな」

「じゃあ、立派な『芯去り』にするためには、もとの丸太の直径が、それなりに大きくないといけない、ってことですよね」

「そうや。この柿は自然木《しぜんぼく》やけど」

巌さんは、清一さんちの庭に転がっていた柿の巨木を指す。「これなんて、いい値で売れるで。へっへっ」

「自然木って、植林したんじゃない木ってことっすよね。どこから切りだしてきたんですか、こんな大物」

「企業秘密や」

なんだか秘密が多い。

「しゃべっとらんと、手ぇ動かせ」

と、三郎じいさんに注意された。「磨きあげて、今日じゅうにトラックに積まなあかんのやからな」

俺はあわてて作業に集中する。神去村のあちこちの山（企業秘密）で乾燥させた丸太が、庭にはたくさん積みあげられている。丸太のまま床柱になるのだろう椿《つばき》や、かなり直径があるさきほどの柿の木など、種類はいろいろだ。

なかには、すでに皮を剝いだものもある。俺たちが数日かけて取りかかっている仕事は、むきだしになった幹を砂袋で磨くことだった。

布越しに細かい砂に摩擦され、幹はこするたびに、なめらかな艶《つや》と光沢を帯びる。

すごいなあ、とうっとりする。木の伐倒でも、山からの運びだしでも、俺はまだてんで使いものにならない。ようやく、少し役に立ててるかな、と思えるようになったのは下刈りぐらいだ。草を刈るなんて、俺の母ちゃんだって庭でやっている。斜面での身ごなしがさまになってきたとはいえ、がっかりだ。

でも、床柱を磨いていると、成果が目に見えるから、「俺もやってるぜー！」って気分になる。山太が狙撃してくるせいで、Tシャツの背中が汗のためだけじゃなくびっちょりだが、無視だ、無視。

俺の働きがよかったからか、作業は三時過ぎには終わった。

磨いた丸太を積んだトラックに、清一さんが乗りこむ。

「明日の夕方には帰ります」

と、ハンドルを握った清一さんは、三郎じいさんと巌さんに言った。「あとを頼むぞ、ヨキ」

「ほいな」

「強気でいきぃやー」

高級床柱予備軍を満載し、清一さんの運転するトラックは、橋を渡って山道を去っていった。明朝の銘木市《めいぼくいち》で、清一さんの競《せ》り売《う》りの腕が発揮されるだろう。

俺たちがふだん植林している杉やヒノキは、主に構造材になる。壁やら床やら天井やらに隠れて、見えない部分だ。もちろん、見える部分の柱にも使われるけど、残念ながら銘木とは呼ばれない。銘木ってのは、部屋のなかの目に見える部分に使われる、色や艶や光沢や木目が美しい天然の木材のことだ。家を建てるひとの好みや美意識や考えが、一番表れるところだ。凝ろうと思えばいくらでも凝れるから、高級銘木には驚くような価格がつくことも多い。

競りの結果によって、俺たちの給料にも影響が及んでくる。「高く売れますように」と、俺もトラックのテールランプを拝んでおいた。

その後頭部にも、水の弾丸が浴びせかけられる。

「おい、山太」

駆けまわる山太をやっとひっつかまえ、羽交《はが》いじめにした。「清一さん、今晩は泊まりだってさ。さびしいだろ」

「さびしくない！」

山太は意地を張り、俺の腕から逃れようと、笑って身をよじった。

「ほんとか？　今日の夜、お化けが出るかもしれないんだぞ。清一さんがいれば、お化けぐらいすぐに退治してくれるけど、山太一人だぞ。どうする？」

「へいき。お母さんがおるもん」

そう言いつつ、山太はちょっと泣きそうだ。ありゃりゃ、脅かしすぎたかな。

「山太、プール行くか」

と、ヨキがタイミングよく声をかけてきた。山太はべそをかいていたのも忘れ、元気いっぱいで返事した。

「行く！」

プールなんて、神去村にあったっけ。と怪訝《けげん》に思っていたら、ヨキは俺と山太を引きつれ、橋のたもとからさっさと岸辺に下りた。プールって、神去川のことかよ！

ズボンの裾が濡れるのもかまわず、ヨキは川へ踏み入った。地下足袋《じかたび》のままざぶざぶ歩いていく。橋から百メートルほど下流に、五メートルぐらいの段差があった。ちょっとした滝だ。山太を抱きあげ、ヨキは段差の下の淵《ふち》を覗きこむ。

「下りるで。息止めとれや」

「まじっすか！」

と叫んだのは、山太ではなく俺だった。制止する間もなく、ヨキは山太ごと淵へ身を投じた。

ドボン、と水音がする。

「ヨキ、山太！」

へっぴり腰で、段差ぎりぎりまで歩み寄る。なだれ落ちる水の流れに、足もとをすくわれそうだ。淵では泡が渦巻いている。ものすごく時間が経った気がした。

ようやく、ヨキと山太が水面に顔を出す。ヨキの金色の髪が、滝の飛沫《しぶき》とともにきらきら輝く。山太はヨキの肩越しに手を振った。もう片方の手には、水鉄砲がしっかり握られたままだ。

「勇気も飛べ！」

と、ヨキが呼んだ。「なるべく手前に着水せえ。そこ以外は、水が浅いでな」

ええい、ヨキと山太のまえで、おくれは取れない。思いきって飛んだ。

冷たい水に一気に全身を包まれ、心臓が縮みそうだ。滝音が遠のく。地下足袋を履いた足の裏に、川底の丸い石が触れる。げ、ほんとに浅い。こんなとこで飛びこむなんて、下手すると頭打って死んじゃうぞ。

川底を蹴って水面を目指す。泳ぐまでもなく、川はすぐに立てる深度になった。空気に触れると、濡れた肌が震えた。

「ささ寒い」

「すぐ慣れる」

ヨキは山太を浅瀬に下ろし、手ごろな石を積んで、円形の囲いを作った。なるほど、天然のプールだ。しばらくすると、川の流れから隔てられた円内の水は、日射しによってぬくもってきた。

「ほれ、山太。ここで遊べ」

ヨキにうながされ、山太は喜んで石の囲いをまたいだ。水のなかに座りこんで、水鉄砲に弾こめしたり、ワニみたいに這いまわったりする。

「山太、ちょっと動くのやめてみろ」

俺はしゃがみ、山太専用のプールを覗いた。水面が静かになると、囲いの隙間から透明なメダカの群れが入りこんでくる。山太のやわらかなふくらはぎのまわりを、メダカは不思議そうに行き来した。

「ははっ、すごいなあ。魚も一緒に泳ぐプールだ」

俺が笑うと、

「すごい、すごい」

と山太も笑った。でも、川に魚がいるのなんて、山太にとってはあたりまえのことだ。俺の感激なんて知ったこっちゃないらしく、「すごい」に合わせて水面を掌で叩いた。メダカの群れはパッと散り、水に溶けたみたいに姿を隠す。あーあ、と思ったけど、山太が楽しそうだから、まあいいか。

ヨキは今度は、「ふんがぁ」と大岩を転がしはじめていた。どんな怪力だ。

「勇気、ちょっと手伝えや」

と言われ、俺も一緒になって岩を押したが、どう考えても、パワーのほとんどはヨキが出力

S

していた。

滝と淵を半円で囲む形で、ヨキは大岩を並べた。隙間もなるべく、中ぐらいの大きさの岩でふさぐ。待つほどもなく、滝から流れ落ちてくる水が溜まった。即席のダムの完成だ。

「こっちは大人用のプールや」

とヨキは言い、服のまま泳ぎはじめた。俺もむずむずしてきた。朝から働いて汗まみれの体を、ひんやり澄んだ川の水にさらして泳いだら、絶対に気持ちいいだろう。

たまらず、大岩からダムへ飛びこむ。つめてえ！　でも爽快《そうかい》だ。水を堰《せ》き止めたおかげで、淵はさっきよりも範囲を広げ、深さを増していた。底まで三メートルはありそうだ。

水は透明で、日に照らされた川底の石が青く光っている。指ほどの長さの黒い魚が視界をよぎる。滝に近づくと流れが逆巻き、白く細かい泡が勢いよく上がっていく。水面を境に、空中にも水中にも滝があるみたいだ。

息がつづかなくなって、いやいやながら水から顔を出した。とたんに、歯が嚙みあわないほど顎がかちかちかち震え、蟬の声が滝に負けないぐらい降り注ぐ。

背泳ぎをして、腹を日に当ててあたためた。ヨキは山太を背中に乗せ、頼れる亀みたいに淵を泳いでいる。いつのまに着色料入りのジュースを飲んだんだ、と思うほど、二人とも唇が紫色だ。俺もきっと、同じ色の唇をしているんだろう。

学校のプールなんかとちがって、川は容赦のない水温だった。いくら堰き止めてもとどまりきらず、肌からぬくもりを奪って流れ去る。だけど、いつまでも水遊びをしていたい。川から上がりたくない。学校のプールには感じたことのない魅力が、ヨキ手製の天然のプールにはあった。

「おーい、楽しそうやなあ」

見上げると、三郎じいさんと巌さんが道路に並んで立っていた。

「下りてこんかいな」

と、ヨキが手招く。巌さんは首を振った。

「そないにひやっこい水に浸かったら、腰を痛めてしまうねぃな」

「それよりヨキ、こいつを頼むで」

竹で編んだ籠をロープにくくりつけ、三郎じいさんはするすると水面まで下ろした。

「おーらい」

立ち泳ぎでヨキが受け取る。山太はぬかりなく、ヨキの背中から肩へよじ登った。

山太と俺は、ヨキの持つ竹籠を興味津々《しんしん》で覗きこんだ。近くで見ると、籠は壺《つぼ》を横たえたような、へんてこりんな形をしていた。

「なんだ、これ」「これなあに?」

同時に尋ねた。

「知らんのかいな!」

と、ヨキに驚かれる。俺は冷えきっていた頬に血を上らせ、山太は素直に「うん!」と答えた。

「これはな、もんどりちゅうて、ウナギを捕る罠や。ここが細くなっとるやろ」

籠の口を指す。「なかに入ったウナギが、もう川へ戻られへんようにする仕組みや」

ようけかかったなあ。ヨキはそう言って、もんどりを満足そうに両手で振った。そこで俺ははじめて、ヌメヌメしたウナギが何匹も、もんどりに入っていることに気づいたんだ。

「ぎゃっ。どこにこんなにウナギが！」

「俺も知らんのや」

ヨキは悔しそうだった。「三郎じいさんと巌さんの、秘密の穴場がある。たぶん、この川の支流のどっかだと思うんやけどなあ。いつか尾行してやるねぃな」

「全部は食いきれないよ」

スイカとキュウリに加えて、ウナギ地獄にもはまるんだろうか。無駄に精がつきそうだ。

「ちゃうちゃう」

とヨキは言った。「もうすぐ夏祭りやろ。俺たちの班は毎年、ウナギの蒲焼きの屋台を出すんや。これは、その材料」

ヨキは淵から上がり、山太を肩車したまま浅瀬に向かった。もんどりを水にひたし、ロープで岸辺の木の枝に固定する。

「こうしておけば、当日までウナギはピチピチ生きつづけよるでな」

「餌は？」

もんどりのなかは、かなりの人口密度（というか、ウナ口密度）だ。心配になって、俺は尋ねた。

「そんぐらい、ウナギのほうでなんとか算段してもらわんと困る」

「いや、『困る』って、そう言いたいのは問答無用で捕獲されたウナギのほうだと思うけど」

「しゃあないなあ。じゃ、勇気と山太が、これからウナギの餌係な」

ヨキはさっさと独り決めし、「あー、さぶさぶ」と川から上がった。

「さあ、帰って風呂浴びるで」

なにもかもがヨキのペースだ。ついでに言うと、ヨキが風呂を独占したので、俺は清一さんちの風呂を借りるほかなく、体を洗っているあいだも山太の水鉄砲攻撃を受けるはめになった。

風呂で体をあたためたあと、俺は山太と手をつないで、百貨店へウナギの餌を買いにいった。もちろん、「ウナギの餌」なんてもんは、いくら百貨店といえども売ってない。店番をしていたみきさんのお母さんの知恵を借り、金魚の餌で代用にした。

山太はその晩、盛大におねしょしたらしい。清一さんちの物干し竿には、朝の光のなか、山太の使ってるシーツが翻《ひるがえ》っていた。

川で遊んだせいか、俺が「お化け」なんて言って脅かしたせいか、どっちなのかは不明だ。

三郎じいさんと巌さんはもんどりをぶらさげ、どこかから毎日、ウナギを捕ってくる。ウナギは、野菜を収穫するときに使う大きな竹籠に移された。下部を水にひたした籠が、川の流れのなかにでーんと置いてあるのは、変な光景だ。しかもちょっと覗けば、太って薄緑の腹をしたウナギが、十数匹も絡みあっているのがわかる。

だれか盗ってっちゃうひとがいるんじゃゃ……、と俺は気を揉んだが、「なあなあ」精神の蔓《まん》延《えん》した村では、防犯意識が発達していない。ウナギはでーんと川に置きっぱなしだった。

俺と山太は、ウナギの様子を毎朝見にいき、

「ほんとに食ってんのかな?」

「どやろなあ」

などと言いながら、竹籠に向けて金魚の餌をぱらぱら落とした。

床柱が高く売れたそうで、中村林業から社員に、夏のボーナスが無事支払われた。

林業にはわりと博打《ばくち》っぽいところがある。木は、売れるときはバンバン売れるし、ダメなときは切っても切ってもダメだ。じっと待って、少しでもいい時機を見きわめなきゃいけない。待ってるあいだも当然、山の手入れはしつづける。

一《いち》か八《ばち》かの世界なので、ヨキたちは「ラッキー」と臨時収入を受け取った。ボーナスにしては支払い時期が少し遅くなったけど、そんなことは気にしないようだ。林業研修中の身である俺にも、清一さんはボーナスをくれた。茶色い封筒に入った三万円。うれしい。

そりゃあ、都会の会社に勤めれば、新入社員でももっとボーナスが高いんだろう。だけど俺は、食事も住むところも仕事も、全部面倒を見てもらってる。それを考えると、中村林業の待

遇はかなりいいと言えるはずだ。

うきうきしながら、繁ばあちゃんに両替を頼んだ。夏祭りに備えて、小銭が必要だと思ったからだ。繁ばあちゃんは、正露丸の箱にこつこつ五百円玉貯金をしていた。貯金はいまや、五つめの箱に差しかかろうとしている。

繁ばあちゃんはまず、俺の初ボーナスを仏壇に供え、手を合わせてむにゃむにゃ言った。木魚もぽくぽく鳴らした。それから俺の背におぶさって、位牌のうしろに手をのばした。正露丸の箱は、仏壇に隠してある。

「いくらぶんや」

と、繁ばあちゃんは聞いた。屋台で買い物するだけだし、と、俺は供えたボーナスの封筒のなかから、一枚を抜き取って渡す。

畳に座った繁ばあちゃんは、正露丸の箱を傾け、貯めた五百円玉を出した。「ひぃ、ふぅ」と、おはじきでもするように数える。

「ほい、十八枚」

俺は一瞬考えてから、

「なんで！」

と叫んだ。「二万円ぶんは二十枚だろ、繁ばあちゃん」

「手数料や」

そんなばかな。哀しい思いで十八枚の五百円玉を眺めていたら、

「ふぇっ、ふぇっ」

と繁ばあちゃんが笑った。「デュークや」

だれだよ、それ。

「……もしかして、ジョークって言いたい？」

繁ばあちゃんは小さな女の子みたいにうなずき、三枚の五百円玉をそっとすべらせてくる。

「今度は一枚多いっす」

「取っとき。勇気は山の仕事を、ようけ頑張っとるでな」

昼でも薄暗い仏間で、硬貨はぴかぴか銀色に光る。繁ばあちゃんがくれた小遣いの五百円を、俺は大事に掌に包みこんだ。

「ありがと、ばあちゃん」

繁ばあちゃんは、もぐもぐと口もとを動かし、照れくさそうに聞こえないふりをした。


笛の音《ね》が晴れわたった空に鋭く響いている。打ち鳴らされる太鼓も聞こえる。

夏祭りのはじまりだ。

神去村だけではなく、周辺の村からも、続々とひとが押し寄せていた。祭りの参加者が乗りつける車のせいで、神去地区では朝からちょっとした交通渋滞が起きているほどだ。畦道よりも少し広い、という程度の山道だから、まあしょうがない。

祭りの会場となるのは、神去神社だ。これは、中地区にある神社とは、またべつの神社だ。

神去村には、神社やら祠《ほこら》やらが無数にある。

神去神社の古い社《やしろ》は、俺たちが「南の山」と呼んでる小さな山の山腹にへばりついている。装飾もなく、はっきり言ってしょぼい。社まで行くには、つづら折りの坂を五分ほど登らなきゃならず、神去地区でもお参りするひとはめったにいない。当番を決めて、たまに境内の掃除をする程度だ。

ところがそれは、

「こわい神さんだからや」

と三郎じいさんは言う。「神去神社は、神去山におわす神さんの、いわば別荘や。静かな別荘に人間がわーわー訪ねていったら、神さんは怒りよる。放っておくのがええんや」

「祭りの日は、神社に訪ねていってもいいんですか？」

なにしろ夏祭りでは、つづら折りの坂にずらっと屋台が並ぶんだ。もちろん、テキ屋はこんな山奥までわざわざ来ない。すべて、神去村の住人が出店する屋台だ。

「今日だけは、かまわん」

三郎じいさんは、もっともらしくうなずいてみせた。「神去の神さんが山から下りてきて、しかもめずらしく、人間の願いに耳を傾けてくれる日やからな」

じゃあ、俺もお賽銭《さいせん》をあげて、願いごとをしよう。直紀さんのことをぼんやり思った。

さて、俺と三郎じいさんがどこでしゃべっていたかというと、清一さんちの庭先だ。早くも昼過ぎに祭り囃子《ばやし》が聞こえてきたってのに、俺たちはまだ、屋台の下準備に明け暮れていた。

庭のテーブルが作業台がわりだ。

「うるぁぁぁ！」

軍手をはめたヨキが、たらいからぬめるウナギをつかみ取る。ウナギはすこぶる元気だ。ヨキの手を逃れ、庭の砂利のうえで身をよじる。ノコは喜び勇んでウナギに飛びかかる。俺はそんなノコを押しとどめる係だ。

ヨキはなんとかウナギをつかまえ、テーブルに直接載せる。まな板ぐらい使えばいいのに、おかまいなしだ。

清一さんがすかさず、

「ここだ！」

と、特大の錐《きり》で目打ちをする。でも、「ここだ！」って言うわりに、錐はウナギにかすりもせず、テーブルに刺さるだけだったりする。

なかなかウナギをさばけない。

「この役割分担を考えたの、だれや」

ウナギがさばかれるのを待っていた三郎じいさんは、とうとう手にした金串《かなぐし》を放り投げた。

「埒《らち》が明かんねぃな。巌を呼んでや」

巌さんは一足先に神去神社へ行き、屋台を組み立ててくれている。

「もう大丈夫です。コツがつかめてきましたから」

と、清一さんは額の汗をぬぐった。山太がこわごわ手をのばし、目打ちされてなお、テーブルからの脱出を試みんとするウナギを撫でた。気持ちはわかるぜ、山太。餌をやってかわいがった、俺たちのペットだったんだもんなあ。

俺たちの苦戦ぶりを遠巻きにして、祐子さんとみきさんが笑いあっている。祭りの日は、女のひとは料理などの家事をいっさいしちゃいけないそうだ。理由は聞かないでくれ。なんでだか、村では昔からそういうことになってるらしい。

あーあ、早く神社に行きたい。祭りはすでにはじまってるのに、この調子では、いつになったら直紀さんに会えるかわからない。ウナギ惨殺の現場と化した庭で、俺はため息をついた。

ま、いきなりウナギの頭を切り落として、

「ちゃうわい、ボケェ！　もうええ、おまえはノコのお守《も》りしとれ！」

とヨキに怒られたのは、俺なんだけどね。

ウナギは日が暮れるまえに完売した。

蒲焼きは一切れ二百円、ミニ鰻丼《うなどん》（神去産コシヒカリ使用）は三百円だから当然だ。巌さんが組み立てた中村林業の屋台のまわりは、タレのにおいに呼び寄せられたひとでいっぱいだった。

三郎じいさんがウナギに次々と金串を刺す。ヨキと巌さんがうちわを片手に必死の形相で焼く。俺は刷毛《はけ》でタレを塗ったり、焼きあがったウナギを注文に応じて紙の器や皿に移したりする。器に飯を盛るつもりが、しゃもじで金網のうえのウナギを撫でそうになるぐらい忙しい。

清一さんは会計担当だ。一人だけ汗ひとつかかず、笑顔で注文を取っては、売り上げをお菓子の空き缶に納めている。

「なんか不公平だ」

顎から滴りそうになった汗を浴衣《ゆかた》の袖でぬぐい、俺は愚痴った。「右の手首が痛くなってきたんだけど」

「ああん？」

ヨキが細めた目で俺を見た。べつに、微笑んでいるわけでも、すごんでいるわけでもない。煙と熱気の直撃を受け、うまく目が開かないんだそうだ。

「そう思うんなら、交替せえて、直接あいつに言いねぃな」

「無理。ヨキが言ってよ」

「あかんあかん」

ヨキはぶるぶると首を振った。「清一に調理を任せてみ。ウナギが炭になってまうわな」

そう言いつつ、実はヨキは、清一さんに意見するのがこわいんだ。山の仕事に関しては、班のメンバーは自分の意見をどんどん言う。ときどき、喧嘩してるのかなと思うほど、激しくやりとりすることもある。激しくといっても神去弁だから、どこか間延びしてるんだけど。

でも、山に関係ないことについては、ほとんど清一さんの言いなりだ。その気持ちは、俺にもなんとなくわかる。清一さんがおやかたさんだから、というよりも、有無を言わさぬ迫力というか存在感があるからだろう。清一さんは強面《こわもて》ではないし、大声を出したりも決してしない。

どちらかというと、物腰が穏やかでクールなほうだ。だけど、清一さんが静かな口調で「こうしよう」と言うと、みんななんとなく「はい」と答えてしまう。

不思議な説得力を存分に発揮し、そのときも清一さんは、一番楽な作業を営業スマイルとともに淡々とこなしていた。俺たちの浴衣の襟は汗で色を濃くしてるってのに、まったくずるい。

そうだ、俺たち班の面々は、おろしたてのそろいの浴衣を着て、夏祭りに臨んでいた。繁ばあちゃんが縫ってくれた藍《あい》色の縞の浴衣だ。渋くてかっこいい。帯はヨキに借りた水色の兵児《へこ》帯《おび》だ。浴衣の渋さがだいなしだ。

「こんなの、ガキがする帯じゃん」

と抗議したんだけど、

「そんなことないねぃな。西郷どんも締めとったわな」

と、見てきたように言う。

結局、金魚の尻尾みたいにふわふわした帯を締めることになった。ヨキは、演歌歌手みたいな金色の帯だ。どこで買ったんだよ、そんなの。

まあ、なんだかんだでヨキにもいいところはある。「天然物のウナギって、食ったことない」と言ったら、売り物の最後の一切れを俺にくれた。

三郎じいさんと巌さんが屋台の片づけをし、清一さんが缶のなかの金を数えるかたわらで、俺は立ったまま皿に載ったウナギを食った。ヨキは腰に両手を当て、えらそうに俺の表情をうかがっている。

「どうや」

「うまい《ふはひ》」

巌さん特製のタレの向こうがわに、熱々のウナギの身の甘さがほんのり感じられる。ウナギは巌さんの指示のもと、最期の二日間を、井戸水を張ったたらいで絶食して過ごした。そのためか、臭みもほとんどない。神去村の澄んだ水が、体液として流れていたとしか思えない味だ。濁りがなく、でも濃厚な、山の空気に似た味わい。皮は香りのいい樹木の皮みたいに、こんがり焼けて鼻をくすぐる。

ウナギって、精力の衰えた老人がたまに贅沢《ぜいたく》して食うもんだと思ってたけど、たまんないうまさなんだなあ。嚙むたびに、脂がやわらかく口に広がる。振った山椒と溶けあって、優しく喉に流れていく。この嚙みごたえがまた……。うーん、天然物だから、身が締まってるのか？

「うまいけど」

ひとまず咀嚼を終えた俺は、ヨキに聞いた。「ちょっと硬くない？」

「硬い？」

焼きかたに問題があったのかと、ヨキは不安になったらしい。「どれ」と、皿から蒲焼きの残りをつまみ、大口を開けてかぶりつく。

「あああっ、俺の！」

必死に手をのばしたけど、まだ半分はあった蒲焼きは、ヨキの腹に収められてしまった。くそー。

「硬くないねぃな。おまえ、顎弱いな」

肉食恐竜みたいなヨキに比べたら、人類の顎はみんな弱い。俺は恨めしい思いで、満足そうにウナギを食うヨキをにらんだ。

「それはたぶん、関西と関東のちがいだ」

と、金勘定を終えた清一さんが言った。「関東では、ウナギを一度蒸してから焼くが、関西では蒸さない。いきなり焼く。だから、勇気が食べ慣れていたウナギとは、食感が異なるんだろう」

「蒸すぅ？」

ヨキの声がひっくり返った。「ほんまかいな。そんなことしたら、べちょべちょになってまうやんか」

俺も、関東のウナギが蒸してあることなんて知らなかった。

「清一さん、もしかして神去村以外でも暮らしたことあるんですか」

「ウナギ調理法のちがいについては、常識だと思うが……」

清一さんは困惑したように言い、三郎じいさんと巌さんが、「んだ、んだ」とうなずく。

「若い勇気はまだしも、ヨキはものを知らなすぎやな」

「杉のことしか知らなすぎ、ちゅうやつや」

「そこのシニアたち、うるさいで。下手なシャレはやめるねぃな」

やりあうヨキたちを放って、清一さんは缶の蓋を閉める。

「たしかに、東京で暮らしていたことはある。あっちの大学に通ってたんだ。ま、学生の身でウナギは食わなかったが」

「そんとき、嫁はんも見つけてきたんよな」

ヨキがにやにやする。

「えっ⁉」

俺は大急ぎで、脳内の「神去村人物関係図」をめくった。「清一さんの奥さんて、祐子さんですよね」

「そうだよ」

「直紀さんは祐子さんの妹で、中地区の神社の近くに住んでいる」

「うん」

「おかしくないですか？　祐子さんの実家は中地区なのに、東京行くまで、清一さんは祐子さんを知らなかったんですか」

「ちゃうちゃう」

と、三郎じいさんが手を振った。「神社の近くの家は、祐子と直紀の祖父母の家や。あの姉妹は、生まれ育ちは東京やった」

「たまたま大学のサークルで、祐子と一緒になったんだ」

清一さんが補足する。「話しているうちに、彼女の母親の故郷が神去の中地区だとわかった。中学ぐらいまでは、夏休みに遊びにくることもあったらしい」

「この過疎の村とつながりのある女を、東京でよう見つけたもんや。おまえほんまに、女運ええよな」

と、ヨキがまたにやにやする。

「まあ、運命というものだ」

清一さんは平然と受け流した。「それで親しくなってね。祐子の祖父母はもう亡くなっていて、中地区の家は空き家だった。そこに手を入れて住めるようにしたら、去年、教職を取った直紀が引っ越してきたんだ」

「じゃ、直紀さんは一人暮らし？」

「ああ。うちに住めばいいと言ったんだが」

清一さんは心配そうだ。

直紀さんって変わってるなあ、と俺は思った。山しかなくて、夜なんて真っ暗になっちゃう村に、若い女の子一人でやってくるなんて。

「おまえたちが結婚したとき」

と、巌さんが指を折る。「直紀はまだ中学生やったなあ。長い休みごとに村に遊びにきて。あれはよっぽど、神去が気に入ったんやな」

「ここが気に入ったんやら、ここにあるなにかが気に入ったんやら、わからんけどな」

と、ヨキがみたびにやにやした。

もしかして。俺はピンときた。恋する男の直感っていうの？　おずおずとうかがい見ると、清一さんは黙って微笑んでいる。

「あら、もう売り切れちゃった?」

明るい声がした。参道を埋める人波のなかから、祐子さんと直紀さん、直紀さんと手をつないだ山太が、屋台に近づいてくるところだった。

「また今年も食べ損《そこ》ねた」

「本気で食べたいなら、もっと早く来ないとな」

仲良く言葉を交わす祐子さんと清一さんを、直紀さんはちょっと離れた位置から見ている。

うわー、俺の直感、当たってるのか? でもなあ。清一さんと直紀さんって、たぶん十歳ちょっと年が離れてるし。なんといっても、姉さんの旦那なわけだし。まさかなあ。ちがうと言ってくれ。

いや、ここは強気で行くところじゃないか? 頑張れ、俺。直紀さん、道ならぬ恋など忘れてください。ここに、もっといい男がいますから。って、言えねえよ、そんなこと。俺、清一さんとちがって山持ってないし。でも、仕事はできる男なんですよ。まだ見習いですが。だめだろうな、見習いじゃゃ。でもでも、将来性はあるんですよ。たぶん。

一人であれこれ考えていたら、直紀さんの手から離れた山太がとことこ来て、俺の兵児帯を引っぱる。やめろって、ほどけやすいんだから。

「なあ、勇気」

「呼び捨てにすんな」

「ゆうちゃん」

「なんだよ」

「綿菓子買《こ》うて」

なんで俺が、と思って見下ろすと、山太は期待に満ちた目を向けてくる。しょうがねえなあ。屋台にかかりきりで、まだ祭りの全貌《ぜんぼう》を見てないし、ちょっとぶらぶらするか。

俺は山太と手をつなぎ、参道を登りはじめた。店じまいした班のメンバーも、ちりぢりになって祭りの人混みに消えていく。振り返ったら、祐子さんが「すみません」というように軽く頭を下げた。いえいえ、かまいませんよ。山太のお守りは、もう慣れたもんっす。

直紀さんは教え子らしい小学生に囲まれ、なにやら笑顔をふりまいていた。


参道に並ぶ小さな石灯籠《いしどうろう》に、火が灯っている。白熱灯をぶらさげた屋台から、威勢のいい呼び声と、おいしそうなにおいがあふれている。

たこ焼き、ソースせんべい、射的、ヨーヨー釣り。

山太のお目当ての綿あめ屋もあった。キャラクターがプリントされた、ピンクや水色の袋が下がっている。透明の覆いのなかで、おじさんがまわす割り箸に雲がまとわりついていく。いつ見ても、綿あめができあがる様子は魔法みたいだ。

「どれがいい?」

袋を指して尋ねたが、山太は首を振る。どうやら、描かれたキャラクターに興味があるんじゃなく、おじさんが目の前で作りあげたばかりの綿あめを食べたいらしい。

「あの袋のなかにも、同じもんが入ってるんだぞ」

と言っても、「あれがいい」と頑固におじさんの手もとを指す。変なやつ、と思った。俺はガキのころ、戦隊物の綿あめの袋が欲しかったけどなあ。

おじさんは山太のために、特大の綿あめを作ってくれた。

「煙、煙」

と山太は言い、うれしそうに綿あめをかじる。

「砂糖だぞ、それ」

「煙だもん」

俺もちょっとかじらせてもらった。少し焦げたみたいな香りと、貼りつくんだか溶けるんだかわからないざらついた感触は、たしかに煙っぽいかもなと思った。

お囃子の音が大きくなる。ざわめきとひといきれも強くなる。山のうえから夏の風が吹いてくる。なんだかわくわくする、祭りの夕方だ。

やっと参道を登りきり、赤いペンキの剝げかけた古ぼけた鳥居をくぐった。境内も、ひとと屋台でいっぱいだった。中央に組まれた櫓《やぐら》から、太鼓と笛の音が降ってくる。何カ所かに焚かれた篝火《かがりび》が、人々の笑い声を照らしだす。

でも、境内のすぐ脇から広がる森は、暗くてまるで見通しが利かない。南の山の稜線の奥から、神去山の頂上が黒々と顔を覗かせている。

静かで、近寄りがたい。俺たちがどんなに騒いでも、山はいつもと変わらない。

「おまいりしよう」

山太が、着ていた水色の甚平《じんべい》の懐《ふところ》に片手をつっこんだ。ビニール製の小さながま口を出す。金具が固くて、自分では開けられないらしい。俺が開けてやると、なかからピカピカの五円玉が二つ、山太の手に転がり落ちた。

「お母さんがくれた」

と山太は言い、五円玉をひとつ、俺の手に押しつけようとする。幼児に金をもらうわけにはいかない。

「いいよ。賽銭ぐらい、自分で払う」

「あかん。オオヤマヅミさんは、光る五円玉が好き。ゆうちゃん、持っとるか?」

「持ってない」

「ほんなら、これ使え」

よくわからないけど、村のしきたりなんだろう。俺は五円玉を受け取り、山太と一緒にこぢんまりとした社のまえに並んだ。お参りするひとの列ができていたんだ。

社の屋根は、杉の皮で葺《ふ》いてあった。鳥居と同じぐらい、ぼろくて古い建物だ。そのわりに祭りが盛況で、みんなちゃんとお参りするってことは、御利益《ごりやく》あるのかな。

「ここに祀《まつ》られてるの、オオヤマヅミさんっていうのか?」

「まつれれ……?」

「んーと、この家にいる神さまの名前、オオヤマヅミさん？」

「そうな」

その名前には聞き覚えがあった。山太が神隠しに遭ったとき、村のひとたちがささやいていた名前だ。

「どんな神さまなんだ？」

「こわい」

山太は小声で言った。「けど、見守ってくれとる」

ふうん。神さまって、みんな同じだな。見守るだけ。でもまあ、ありがたいといえば、ありがたいか。

「ゆうちゃん、なにをおねがいする？」

やっと列が進み、賽銭箱のまえに立った。「おまつりの夜におねがいすると、かなうんやて。お父さんが言うとった」

山太は鈴からのびた綱を引く。じゃらじゃらと鈴が鳴り、俺は少し考えた。

俺を男にしてください。直紀さんが振り向くぐらいの男に。

柏手《かしわで》を打って、口のなかで唱える。目を開けると、山太もちょうど願いごとを終えたところだった。

「なんてお願いした？」

「ないしょや」

山太は口を両手で押さえ、くすくす笑った。

「なんだよ、俺には聞いたくせに」

俺たちはまた手をつなぎ、あとのひとに場所を譲って、軒下から出た。

空はいつのまにかすっかり暗くなり、銀色の星がいっぱいに輝きだしていた。

「うわあ」

南の山のすぐ下を、神去川が闇に白く流れている。見上げれば映したように、空にも大きな星の川。

「天《あま》の川《がわ》って、すげえよな。俺、村に来るまで見たことなかったんだ」

だけど山太は、ガキだから星なんか見ていない。

「金魚すくいしよや」

と帯を引っぱる。やめろってば、それ。

金魚すくいの屋台のまえにしゃがみ、獲物を物色した。

「山太、どれを狙う」

「黒いやつ」

「出目金《でめきん》？　やめとけよ、あんなの絶対すくえないぞ」

一回百円。もちろん、山太のぶんも俺が払った。でもなあ、ぜんっぜん、すくえないんだよなあ。俺、昔っから金魚すくいが苦手なんだよね。こういうの、たぶんヨキなら二十匹ぐらいすくうと思うんだけど。

大物狙いの山太も、すぐに薄紙を破いてしまった。よし山太、もう一回やるぞ。夢中になってる俺と山太の背中に、

「だめやなあ」

と、笑いを含んだ声がかかった。びっくりした拍子に、紙が破れた。あああ。振り返ったら、やっぱり直紀さんだった。

「私もやろ。おいちゃん、一回な」

直紀さんは屋台のおじさんに百円玉を渡し、俺と山太のあいだにしゃがみこんだ。俺は心臓をばくばく言わせながら、ちょっと脇によける。

「慎重に、角に追いこんでやな……」

真剣な直紀さんの横顔は、とてもきれいだ。見入っていたら水滴が跳ね、直紀さんが片手に持った器に、赤い金魚が一匹入った。

「直紀、すごい」

山太が手を叩き、その衝撃で紙を破った。あああ。なにやってんだよ、山太。

すくった一匹を巾着《きんちゃく》型の透明な袋に入れてもらい、直紀さんは「ふふん」と笑う。

「どうや、ざっととこんなもんや」

「一匹ですけどね」

「なんやてぇ」

「すくえなくたって、金魚はもらえますもん。そうだよね、おじさん」

「ああ、一匹な」

「えっ。二回やったのに？」

「何回やっても、はずれは一匹。でも、山太には二匹やろうな」

「おおきに」

結果、山太が二匹、直紀さんが一匹（自力）、俺が一匹（他力）ということになった。直紀さんはまた、「ふふん」と笑った。

「それにしても、山太はともかく、あんたは金魚なんて捕って、どうするんや」

「繁ばあちゃんへの土産《みやげ》にしようかなあと」

繁ばあちゃんには、小遣いをもらったから。俺は袋をかざし、とにもかくにも本日の戦果である金魚を眺めた。小さくて色も薄いオレンジだけど、かわいい。ガラスの鉢に入れて繁ばあちゃんの部屋に置いたら、きっと喜んでもらえるだろう。

「ふうん」

と、直紀さんは言った。「ほら山太、あんたそろそろ、帰って寝なあかん」

「えー。まだゆうちゃんと遊ぶ」

「あかんねぃな。お母さん来たで」

直紀さんが境内の一隅を指す。清一さんと祐子さんが、山太を手招きしていた。

「また明日、山から帰ったら遊ぼう」

俺が言うと、山太はしぶしぶながらうなずいた。おやすみ、と手を振って、清一さんたちのほうへ駆けていく。

隣に立つ直紀さんをうかがった。篝火が作る影に、直紀さんのまつげが揺れている。視線は遠ざかる清一さんに注がれている。指にぶらさげた金魚入りの袋の重みを、俺は感じているしかなかった。

「さてと」

清一さん一家が境内から姿を消すと、直紀さんは俺に向き直った。「姉さんから、山太が使ったぶんを立て替えてくれって頼まれた。いくら?」

「いいっすよ、そんな」

首を振ったとたん、腹がグーと言った。どーして、どーしてこんなときに鳴るんだよっ。

直紀さんが屋台で焼きそばを買ってくれた。境内の隅っこで、立ったまま並んで食べる。おいしかった。いままで食った焼きそばのなかで、一番うまいと思った。

祭りはますます盛りあがりを見せていた。櫓の下で、ヨキが「酒飲み大会」に参加している。樽《たる》から枡《ます》につがれる御神酒を、次々に飲み干す。五人ほどの参加者のなかには、三郎じいさんもいた。最後はヨキと三郎じいさんの一騎打ちになり、とうとうヨキが十四杯目を飲みきって勝った。この短時間に一升と四合を飲んでケロッとしてるって、どんな肝臓だよ。やっぱりヨキは化け物だ。

「やったで、みきー！　俺がメドや！」

ヨキが境内の真ん中で叫び、

「やめるねぃな、恥ずかしい」

と、みきさんに頭をはたかれた。

「なんですか、メドって」

俺が聞くと、直紀さんはちょっと頬を赤くした。

「よう知らん。ヨキに直接聞いて」

「はい」

メドメドメド、と忘れないように内心でつぶやく。

「あんたも参加するんか」

「なににですか?」

「オオヤマヅミさんの」

と言いかけ、直紀さんは口をつぐんだ。「ええわ。なんでもない。どうせあんた、研修で村に来とるだけやもんな」

むっとした。またオオヤマヅミさんのことで、だんまりだ。いつまでたっても、俺はよそもの扱いだ。

「あんたじゃなくて、平野勇気です。それに直紀さんだって、神去村のひとじゃないんでしょう」

「そうな」

直紀さんは頬をひきつらせ、俺を正面から見た。「でも私は、あんたとはちがう。死ぬまで神去村におるて決めとるでな」

しつこく「あんた」と言われ、山仕事に打ちこんでることも否定された気がして、俺はますますかちんときた。

「へーえ。清一さんがいるから？」

その瞬間の直紀さんの顔を、なんて言ったらいいんだろう。もし時間が巻き戻るなら、馬鹿なことを言った自分に飛び蹴りを食らわせてやりたい。

びっくりして、泣きそうな顔。屈辱と羞恥《しゅうち》と憤りがあらわになった顔。

「あんたには関係ないねぃな！」

直紀さんは鋭く言いきり、俺のそばから離れていった。近くにいたひとが驚いて、立ちすくむ俺と、ずんずん歩み去っていく直紀さんとを見ていた。

なんで、わざわざ直紀さんを傷つけるようなことを言ったんだろう。俺はガキだ。山太なんか目じゃないぐらいガキだ。

これまで、女とつきあったことがないわけじゃなかった。告白したこともされたことも、振ったことも振られたこともある。だけど、こんなに無様《ぶざま》な真似をしたことはなかった。直紀さんのまえだと、俺は神去弁どころか、横浜弁だってうまくしゃべれなくなる。

肩を落として直紀さんの背中を見つめていたら、直紀さんは参道に出ようとして足を止め、こちらへ方向転換した。どうしたんだろう、と思っていると、またずんずん歩み寄ってくる。

直紀さんは俺のまえまで戻り、

「これ」

と、持っていた金魚の袋をぶっきらぼうに突きだした。反射的に受け取る。

「一匹だと、かわいそうやから」

直紀さんは言い、また背を向けた。「あんたにやるんやないで。繁ばあちゃんにやで」

今度こそ、直紀さんは去っていく。

金魚の袋を二つ提げ、「好きです」と俺はつぶやいた。当然、直紀さんには聞こえない。でも俺は心で何度も繰り返した。好きです。俺は直紀さんが好きだ。もし許してくれるんなら、もう二度と意地悪なんかしない。

そう思ったのはたしかなんだけど、実際のところ、そのとき俺の脳みその大半は、「やりたい」で埋めつくされた。「なんかいいな」って程度を超えて、恋心と下半身が急激に直結したんだ。

やりたい。直紀さんとやりたいぞ、うおー。

金魚の袋がたぷたぷと、涼しい水音を立てていた。

欲求不満なのかもしれない。なにしろ村には、人妻じゃない若い女はほとんど皆無だ。村で会ったから、直紀さんのことがすごく魅力的に見えるのかもしれない。

帰るつもりはなかったのに、俺は祭りの翌日、清一さんに無理を言って夏休みをもらった。

四カ月ぶりに顔を見せた俺に、母ちゃんはトンカツとか唐揚げとか、いろいろ作ってくれた。さすがに数日ぐらいは、孫より息子を優先してもいいかと思ったようだ。

両親と囲む食卓は平和なもんだった。神去村に行ってるあいだに、俺の反抗期はひとまず終わったらしい。まえは、親としゃべるのなんかうぜえと思ってたけど、帰省してみたらけっこう話題が見つかった。神去の住人について。山仕事について。ヒルについて。俺はいろいろ話して聞かせた。母ちゃんは笑ったり心配したりし、あいかわらず影の薄い親父は、「勇気はなんだかたくましくなったな」と言った。

携帯の電池パックを買おうと思い、横浜の駅前にも行った。ひとの多さにくらくらする。店に並ぶ商品の量にも圧倒される。ほんとに同じ国だろうか。この華やかさを、俺はすっかり忘れてたぞ。

浮き立つ気持ちで地下街を歩いていたら、高校んときの友だちと偶然会った。そのなかには元カノもいた。ばっちり化粧して、唇もつやつや光ってる。あ、やっぱかわいいや。直紀さんは絶対、キャミソールなんか着ないもんな。

ちょうど昼どきだったから、友だちと合流してパスタを食った。村の献立には、パスタという選択肢がない。

「勇気ぃ、どうしてたんだよおまえ」

「リンギョー？　すごいじゃん」

友だちも元カノも、気のいいやつらだ。お互いの近況を話しあって、楽しく過ごした。別れるときは、またしばらく会えないんだなと思って、さびしくてたまらなかった。

でも、だめだった。

二日で夏休みを切りあげ、神去村に戻った。電池パックは結局買わなかった。

と、ヨキが笑った。清一さんは、なにをどこまで察しているのかいないのか、いつもどおりの微笑を浮かべた。

「山が呼んだか?」

「俺も、東京にいるあいだじゅう苦しかったな。晴れた日に、遠く丹沢《たんざわ》の山並みが見えようもんなら、すぐに神去の山が思い浮かぶ。『あそこの手入れはどうしよう、いつ伐倒するのがいいだろう』って」

俺を呼ぶのは、山じゃない。直紀さんの姿だ。いや、もしかしたら俺にとっては、直紀さんこそが山なのかもしれなかった。

こわくて、うまく踏み入ることもできなくて、でもいつだってうつくしい。


繁ばあちゃんは金魚を飼っている。屋根裏からヨキが引っぱりだしてきた薄いガラスの金魚鉢で、二匹の魚は仲良く泳いでいる。

かれらの餌はしばらくのあいだ、ウナギにやった餌の残りだった。

繁ばあちゃんが金魚に名前をつけているのかどうか知らない。俺が心のなかで、赤いほうの金魚をなんと呼んでいるかは、恥ずかしいから一生の秘密だ。

四章 ❖ 燃える山

「これこそ絶景ちゅうもんやなあ！」

ヨキは、樹高三十メートルはあろうかというクスノキのてっぺんで吼《ほ》えている。俺は一段下の枝に腰かけ、拓けた空と吹き抜ける風を味わった。

俺たちは西の山の頂上に来ていた。ヒノキの枝打ちをするためだ。

ひとつの山でも、日当たりや土の状態を見て、杉とヒノキの両方を植林することがある。土が痩《や》せていて日当たりが多少悪いほうが、杉にとってはいい。だからたいてい、八合目より下に植える。反対にヒノキは、山のうえのほうに植える。水はけと日当たりがいい場所を好み、杉よりは寒さや雪に強いからだ。

でも、山頂付近に植えるってことは、手入れするにも切りだすにも労力がかかるってことだ。作業現場にたどりつくまでに、延々と山を登っていかなきゃならない。危険も増す。たとえ怪我をしても、すぐには人里まで下りられない。班のメンバー以外にだれもいない山奥で、緊張感に満ちて注意深く仕事をする。

もちろん、例外もいる。ヨキだ。ヨキは高度と危険度が上がれば上がるほど燃えるタイプらしく、「山頂付近でのヒノキの枝打ち」なんて大好物だ。喜んじゃって、昼飯のときも木から下りてこない。食べ終わったらまた枝打ちをするのに、いちいち地面に下りるなんて面倒くさいんだそうだ。ロープ一本で腰をヒノキに結びつけ、蓑虫《みのむし》みたいにぶらさがったまま、おにぎりを食う。

「あいつのことは放っておくがいいねぃな」

と三郎じいさんは言った。「ひょいとこもんやからな」

ひょいとこもんってのは神去《かむさり》弁で、「地に足がつかない感じのひと」というような意味だ。

ノコは頭上で揺れるヨキを見てから、清一《せいいち》さんに向かって尻尾を振った。水が欲しいという合図だ。熊笹《くまざさ》の葉を編んだ器に沢の水を入れてもらい、ぺちゃぺちゃ飲む。飼い主よりもノコのほうが、よっぽど礼儀作法を心得ている。

斜面で木に登るのは、平坦な場所で木登りするより断然こわい。俺は最初、おっかなびっくりで枝打ちをしていた。杉やヒノキには、足場や手がかりになる枝がない。そういう余計な枝を切ることが、枝打ちの目的なんだから当然だけど。体を支える補助ロープも、ほとんど使わない。いちいち何本ものロープをつけたりはずしたりしていたら、作業が進まないからだ。

だけど、そのうち慣れた。山は広大で、ヒノキは無数にある。どんどん枝打ちしなきゃならない。夢中で作業していたら、こわいなんて言ってる暇はない。

余裕が出てきた俺は、その日、ヨキに誘われて昼休憩にクスノキの大木に登ったんだ。神去村の山には、杉とヒノキばかりが植えられてるんだけど、稜線にたまに、クスノキみたいな広葉樹が生えていることがある。植林の際に、わざと一本だけ広葉樹を植えたり、もともと生えていた広葉樹を残したりするらしい。地所の境界線を示すためだ。

西の山の場合、クスノキより東側の斜面は、中《なか》地区のひとの持ち物だ。年を取って山仕事ができないから、清一さんの会社に手入れを委託している。体力と経験が必要な林業は、持ちつ持たれつ、山持ち同士の代々の信用と協力で成り立っている。

見事な枝振りの巨大クスノキは、木登りにはもってこいだ。しかもこの木には、すがすがしい香りがある。俺は葉っぱに顔をくすぐられながら、眼下に広がる整然とした緑の波と、瓦《かわら》の輝く神去村を眺めた。

空は薄青色に晴れ渡っている。凪はいつのまにか、秋の温度に変わっている。もう、川で泳ごうという気分にはならない。口山《くちやま》はじきに紅葉し、柿の実を赤く色づかせるだろう。

山の動物も、冬ごもりの準備で忙しく走りまわっているようだ。気配を察したノコが、茂みに向かって盛んに吠えた。巻いた白い尾が、草の合間で小刻みに揺れる。

「ノコ、わかったわかった」

ヨキがクスノキのてっぺんから声をかけると、ノコはちょっと静かになる。「なんかいますぜ？　ほっといていいんですか？」と不満そうに、前足で土を掻く。すぐに我慢がきかなくなり、また茂みに向かって吠えはじめる。

「あいつは猟犬の血筋やからなあ」

ヨキはノコを鎮めるのを諦め、クスノキの幹に背中を預ける。地面から三十メートルも離れた場所にいるのに、応接間のソファで優雅にくつろいでるみたいな態度だ。

俺は慎重に枝に座り直した。なるべく下を見ないのが、木と一体化するコツだ。高さを実感すると、とたんにキンタマが縮む。

「山に入ると、ノコは目立つね。けっこう毛が白い犬なんだな」

神去村では、犬にシャンプーなんかしない。服を着せられた犬をテレビで見て、ヨキは大笑いしていたぐらいだ。ノコもワイルドというか、都会で見慣れていた犬に比べれば、はっきり言って薄汚れている。でも、いったん山に入ると、神々しいほど白く輝いて見えるんだ。

「白くて賢い犬は、山で仕事するもんには重宝される。森のなかでも夜でも目立つやろ。俺が作業中の事故で動けなくなったとしても、ノコの毛色を頼りに発見してもらえる確率が上がる」

「へえ」

俺は感心した。そんな深謀遠慮に基づいて、飼い犬を決めているとは思わなかった。

「でも、冬はどうなんだよ。雪が降ったら、ノコは景色と同化しちゃうだろ」

「そんときは、ノコを抱いて暖を取るんや。いざとなったら、犬鍋にもできるでな」

ひでえ。だけど俺は知っている。たぶんヨキは、「いざ」というときが来ても、ノコを食べたりしない。むしろ、自分の肉をノコに食わせるかもしれない。ノコにおしゃれはさせないけれど、ヨキぐらい飼い犬を大事にするやつはいないんじゃないか。山仕事をするものと犬とは、馴《な》れあわないが一心同体だ。ヨキとノコが交わす視線に、俺はいつもそれを感じる。

枝打ちは順調に進んでいた。

さすがに俺も少しは成長してるから、「せっかく生えた枝を切るなんて、もったいないですよ」なんてことは言わなかった。節《ふし》のない材木にするために、枝打ちはとても大切な作業だ。余分な枝を切ることによって、栄養が分散しなくなるし、すべての木に日光が行き渡るし、山火事を最小限に食い止められる。

植林した山は、山火事になることが多い。手入れをするためにひとが山に入り、焚き火をしたり煙草を吸ったりするからだ。火の不始末が原因で地表から出火した場合、枝打ちをちゃんとしてある森ならば、ある程度は延焼を防げる。火が燃え移るような枝が、幹の下部にはないためだ。手入れを怠《おこた》った森だと、枯れかけた枝が地面近くの幹にも残っているため、火はあっというまに広がってしまうらしい。

「山火事になったら、何十年もかけた仕事がパーになってしまうでな」

と巌《いわお》さんは言う。「勇気《ゆうき》も、火の扱いと森の手入れは徹底せえ。山に入るもんは、山の神さんに土地を借りとるんやちゅうことを、忘れてはあかんねぃな」

西の山のヒノキは、樹高が十二メートルぐらいまで育っている。俺たちは今回、地面から七、八メートルの高さにある枝を切っていた。枝の根もとの直径は、七センチぐらいかな。そういう枝を、どんどん切り落とす。

ただ闇雲にやればいいってもんじゃない。枝の根もとって、ちょっと膨らんでるだろ？　その膨らみごと切っちゃうと、幹に傷がついて、材木としての価値が下がる。膨らみを残して、枝や幹の形状を見きわめながら、うまく角度をつけて切らないといけない。地上八メートルの幹にへばりついて、そんな作業をするのはすごく神経を使う。腕も疲れるし、ロープが食いこんできて痛ぇし。

俺はノコギリを使う。ヨキはもちろん、斧一本だ。宙ぶらりんのまま、ぶんぶん斧を振るって正確に枝を打ち落としていく。しかも、一本の木の枝打ちを終えると、投げ縄の要領で隣の木の枝にロープをかけ、飛び移る。木を登り下りしたら、そのぶん体力を消耗するからだそうだ。人間業じゃないと思うんだけど、

「ターザンみたいで、かっこええやろ」

と、本人は平然としている。俺に言わせると、凶器を持ったムササビって感じだ。

俺はもちろん、作業を終えたらおとなしく梯子《はしご》を下り、隣の木に梯子をかけかえて上る。この梯子は、「ムカデバシゴ」って呼ばれてる。一本の細い白木の丸太から、足をかけるための杭《くい》がたがいちがいに突きでた形だ。幹に立てかけ、ロープで何カ所か縛って、固定して使う。

日が暮れるのが早くなった。五時にはあたりが薄暗くなりはじめる。カラスが鳴き、山の向こうが赤く染まって、俺たちは一日の作業を終える。夕風にあたった皮膚はどんどん冷えていき、体の芯の部分にだけ、「今日もよく働いたなあ」っていう満足が熱になって残る。「さあ、帰って飯食おう」と解放感もあるんだけど、ちょっとさびしくもあるような、そんな気分だ。

「西の山は、だいたい終わったな」

清一さんが山を下りながら言った。

「思ったよりも早く済んだなあ」

ムカデバシゴをかついだ巌さんが、俺を振り返る。「勇気が加わったおかげやな」

うれしかったけど照れくさくて、「そんなことないっすよ」と俺はぶっきらぼうに言う。「そうそう」とヨキがうなずく。うるさいな。

「明日はどうする？　午前中は山に入るか？」

小突きあう俺とヨキを無視して、三郎じいさんが清一さんに聞いた。

「いえ、休みましょう」

「ええー、なんでや」

と、不満の声を上げたのはヨキだ。

「忘れたのか。オオヤマヅミさんの祭りについて、昼から寄り合いがある」

「あの」

俺はおずおずと口を挟んだ。「オオヤマヅミさんって、いったいなんなんですか」

全員の視線が俺に集まった。

「そうや、こいつをどうするねぃな」

とヨキが言い、巌さんと三郎じいさんが顔を見合わせた。どうするって、なんだよ。憮然《ぶぜん》とした俺に、清一さんが厳かな口調で教えてくれた。

「オオヤマヅミさんは、神去山に住んでいる。神去の神さまの名前だ」

寄り合いが開かれる清一さんの家は、朝からおおわらわだった。

近所の女のひとたちが台所に集まって、ご飯の準備を手伝っている。そのあいだ、男はなにをしてるかっていうと……。清一さんは、続々と到着する村人を出迎える。巌さんと三郎じいさんは、お膳を出したり座布団を並べたりする。そしてヨキは……、庭で煙草を吸ってんだな、これが。ほんと、山以外では役に立たないなまけものだ。

俺は台所と座敷を何度も往復して、料理や酒を運ぶのを手伝った。もしかして直紀《なおき》さんも来てるんじゃないかなあ、なんて思ったんだけど、いなかった。よく考えたら、平日だ。先生をやってる直紀さんが、来られるわけない。

清一さんが呼びかけた寄り合いには、神去村の下《しも》・中・神去地区の男が、ほとんど全員そろってたと思う。みんな軽トラックで乗りつけてきた。トラックの荷台に乗ってくるひともいた。道路交通法とか、どうなってんのかな、この村は。駐車された軽トラックは、清一さんの家の庭からはみだして、橋のたもとまで列をなしていた。

襖を取り払った四十畳ほどの大きな座敷に、おじさんやおじいさんばかりが座ってるのは、けっこう迫力ある光景だ。女のひとは、座敷には出てこない。祭りのための寄り合いでは、いつもは家で奥さんの尻に敷かれてる男衆が主役になる。

「今年も、オオヤマヅミさんをお祀《まつ》りする日が近づいてきました」

料理を食べ、ほどよく酒も行き渡ったところで、清一さんが口火を切った。「しかも、今年は四十八年ぶりの大祭にあたります。みんなで協力して、いい祭りにしましょう」

よぼよぼしたじいさんが何人か立ちあがり、前回の祭りがどうだったかを語りだした。古ぼけた巻物みたいなものを広げて、みんなでなにやら協議したりもする。

当日の段取りを確認し、地区ごとに細かい役割分担が決められていった。よくわかんなかったから、俺は座敷の隅っこで居眠りしてしまった。ヨキなんか俺の隣に寝そべって、堂々といびきをかいていた。

寄り合いがはじまって三時間後に、ようやくだいたい話がついたようだ。

「では最後に。メドを務めるのは、ヨキということで異論ないですか」

清一さんが座敷の面々を見まわした。眠っていたヨキがぴょんと身を起こし、

「ないねぃな！」

と言った。勢いに押されたのか、ヨキの実力は認めているのか、反論はどこからも出なかった。メドがなんなのか、俺にはあいかわらずわからなかったけど、ヨキが満足そうなので、まあいいかと思った。

「おやかたさん」

座敷の真ん中あたりにいた山根《やまね》のおっちゃんが、思いきったように、上座にいる清一さんに向き直った。「あんたのとこの見習いは、どないするんや」

「平野《ひらの》勇気ですか。無論、祭りに参加してもらうつもりでいますが」

座敷がざわついた。

「俺は……、俺は、賛成しかねるねぃな」

山根のおっちゃんは口ごもりつつも、思いつめた表情だ。「よそもんをオオヤマヅミさんの祭りに、しかも大祭に加えるたぁ、どんなお怒りに遭うかわからん」

祭りなんてどうでもいいけど、俺と目を合わせようともしない山根のおっちゃんの態度には、かちんときた。山根のおっちゃんは、ふだんからそうだ。俺は俺なりに、村でうまくやっていこうと思ってるのに、道で挨拶してもまるっきり無視する。こっちは幽霊か透明人間にでもなった気分だ。しかも、「素人を雇うなんて」と、あちこちで清一さんや班のメンバーの悪口を言っているらしい。

そういう噂は、俺の耳にもちゃーんと入ってきてるんだぞ、くそー。

山根のおっちゃんと清一さんとを、座敷に集った人々はあわただしく見比べた。ときどき、俺にもちらっと視線を寄越すが、すぐそらす。なんだよ、言いたいことあんなら、はっきり言えよな。

ヨキはくわえ煙草で腕組みし、鼻から盛大に煙を噴出させた。

「なんやなあ、こそこそしとらんと、反対のもんは手ぇあげろや」

だれも挙手しない。手をあげろと言いつつ、ヨキが座敷じゅうをにらみつけてるんだから、あたりまえだ。でも、俺の参加を認めたくないってひとがいることは、雰囲気が伝えてくる。

「わかった」

清一さんがため息をつく。「勇気に参加してもらうかどうかは、保留にしましょう。今日決めた分担どおりに、まずは準備を進めてください」

その晩、俺は悔しくてなかなか寝つけなかった。「お怒りに遭う」なんて、いい年して大真面目に言ってる山根のおっちゃんにも腹が立ったし、いいともいやだとも言わず曖昧《あいまい》なまま、俺が祭りに参加することを拒む村の住人にもいらついた。

あー、もやもやする。布団をはねのけ、そっと襖を開けた。話したい気分だったんだけど、繁《しげ》ばあちゃんはすでにぐっすり眠っていた。枕もとに置かれたガラス鉢のなかで、二匹の金魚もじっとしている。

繁ばあちゃんの部屋の掃きだし窓から、庭に下りた。肌寒く、静かだ。犬小屋で寝ていたノコが顔を上げたが、俺だとわかると、再び前脚に顎を埋めて目を閉じた。

いまごろ、横浜の両親や友だちはどうしてるだろう。いつまでたっても認めてもらえそうもないし、やっぱり街へ帰ったほうがよかったのかな。濡れ縁に腰かけ、暗い空を見上げる。神去村に来るまでは、よそもの扱いがこんなにつらいなんて知らなかった。

銀色の星が散らばっている。灰色の薄い雲がかかり、神去山の稜線は今夜は見えない。田んぼで、ずいぶん穂を重くした稲がさらさら鳴った。川の音をかき消すほど、虫は大合唱だ。

俺が大きなため息をつくのと同時に、隣の部屋の窓が開いて、ヨキが濡れ縁に出てきた。

「なにしとるんや」

答えずにいると、ヨキは俺の隣に座り、煙草に火をつけた。パジャマがわりの浴衣であぐらをかくものだから、すね毛ボーボーの脚が丸出しだ。

「ちょっと覗いてみぃ」

と、ヨキが自分の寝室を指した。なんで、と思ったけど、急かされてガラスに顔を寄せる。

室内には布団が二組敷かれていた。そのうちの一方に、みきさんが寝ている。なぜだか枕に足を載せ、うつぶせで大の字になっている。布団は腰のあたりに、横向きにかかっていた。

「苦しくないのかな」

「最悪の寝相やろ」

ヨキは笑った。「いつもああなんや」

俺はまた庭のほうに向き直った。俺とヨキはしばらく黙って、夜の神去村の気配を聞いていた。

山の葉擦《はず》れ。獣の光る目。夢のなかにいるひとの息づかい。

「転校すると、最初はなかなかクラスに溶けこめないもんやろ」

ヨキは煙草の火を濡れ縁でねじ消した。

「さあ……、俺は転校したことないんで」

「俺だってないわ。この村のどこに、転校するほどガッコがある。一般論ちゅうやつや」

「はあ」

「神去村は、何百年も転入生がおらなんだ学校みたいなもんや。あれこれ言うやつもおる」

「うん」

「でもまあ、心配することない。級長が清一で、ガキ大将が俺みたいなもんやから。あんまりしつこくブツブツ言うようやったら、締めてやるねぃな」

冗談かと思って隣を見たら、ヨキは真剣な横顔だ。俺を元気づけようとしてくれてるのはわかった。なんだか少し、気分が明るくなった。

「山根はんもなあ、悪いひとやないんや」

「そうかあ?」

「そうな。二年ぐらいまえか、山根はんとこで研修生を受け入れさんしたんや。林業に打ちこむちゅうて会社辞めてきたやつやったけど、結局半年もたずに逃げてしまいよった。山根はん、それが堪《こた》えとるんやろな。ずいぶん熱心に面倒見とったから」

気持ちはわからなくもないが、俺とその研修生をごっちゃにしないでもらいたいもんだ。俺がいま、逃げずに山と向きあおうとしてることを、どうしたらわかってもらえるんだろう。

どーん、どーん、と波の音に似て、遠くで低く地面が鳴った。

「なんの音」

「山鳴りや。神去山が鳴っとる」

なんぞ起こるかもしれんな。濡れ縁から立ちあがったヨキは、めずらしく難しい顔をしてつぶやいた。


山鳴りを聞いたのは、俺とヨキだけではなかった。清一さんと巌さんも、音に気づいて目が覚めたという。三郎じいさんは熟睡中。繁ばあちゃんとみきさんは言うまでもない。

翌日の村は、山鳴りの話題でもちきりだった。凶兆だとか吉兆だとか単なる自然現象だから気にするなとか、村人は挨拶がわりに深夜の不思議な鳴動について語った。

そしてすぐに飽き、うやむやのまま忘れ去られた。

ところが、山鳴りから一週間後のことだ。

俺たちはその日、東の山で枝打ちしていた。そしたらヨキが言ったんだ。

「なんか、におわんか?」

作業の手を止め、全員で鼻をひくつかせた。たしかに、きなくさいにおいがする。

ヨキが腰のロープをはずし、杉の木をするすると登りはじめた。姿が葉に隠れてすぐ、

「火事や！」

とヨキの声が降ってきた。「神去小の裏手の山が燃えとる！」

「ヨキ、携帯で消防と役場に通報」

清一さんが緊迫した表情で指示を出す。「俺たちも消火活動に向かおう」

山を駆け下り、軽トラックをすっ飛ばして神去小学校へ行った。そのころには、村のひとたちも校庭に集まり、校舎の背後にある山を不安そうに眺めていた。

中腹あたりから、白い煙が天高く上がっている。生木のはぜる音がし、杉の木がてっぺんから炎を噴いた。

見物人がどよめく。

「まずいな」

と清一さんが言った。「風が山から吹き下りてる」

「ぼやぼやしとったら、校舎どころか村じゅう丸焼けになるで！」

ヨキが叫び、校庭の隅の水飲み場で、頭から水をかぶった。

まさか、と思ったら案の定、

「さあ、延焼を食い止めるんや！」

と言うじゃないか。山火事のまっただなかに飛びこんでいくつもりだ。やだよ、そんなの！　と思ったんだけど、山で仕事をするものにとっては、あたりまえのことらしい。作業を中断し、ほうぼうの山から駆けつけてきたおじさんたちが、

「んだ！」

と答える。まじかよ。

消防団がホースを引きずって走ってきた。ポンプで川の水を汲みあげ、校舎の屋根に放水をはじめる。村に一台だけある消防車が到着すると、消防団はその場を隊員に任せ、自分たちはホースをかついで山へ入っていった。消防車では届かない至近距離から、燃える森に直接放水するつもりだ。

こうなったら、俺も行くしかない。

覚悟を決め、水をかぶって服を濡らす。

「俺たちの班は、風下の木を切り倒すことになった」

ほかの班のおじさんと相談していた清一さんが、俺たちのところに戻ってきて告げた。延焼を防ぐために、いろんな班が手分けして火元の周囲の木を切るんだ。

小学生は校庭に避難し、集団で下校することに決まった。先生たちが、落ち着いて注意事項を言いわたしている。直紀さんもいた。

「寄り道したらあかんねぃな。山の火はすぐに消えるから、安心して、まっすぐおうちへ帰るんやで」

その姿を視界の隅にとらえつつ、俺は学校の裏山に突入した。

斜面を上がる。煙はまだ、ここまでは届いてこないが、においがすごい。鳥が上空でわめいている。逃げまどうウサギやリスが、すぐ横を走り抜けていった。ノコが盛んに吠える。

ただならぬ事態に、森の空気は不穏に揺れる。

「このあたりから、はじめるのがええやろ」

三郎じいさんが言った。

「はい」

清一さんがうなずき、指示を下した。「風上に向かって伐倒《ばっとう》していく。横一列で、声をかけあいながら進めよう」

伐倒には危険がつきまとう。通常なら、列になって作業はしない。木が倒れかかってくるかもしれないからだ。でもいまは、スピードが第一だ。チェーンソーの音があちこちで響いた。

二人一組になって、一人が幹に刃を入れる。一人が、倒れる木の向きを見て安全を確認する。

「けー！」

「ほいさー！」

倒れるぞ、了解、という合図の声が、斜面に飛び交った。

軋《きし》みながら、地面にドッと倒れ伏す杉。大事に育ててきた木を、山火事のせいで切るのはつらい。だけど切らないと、枝から枝へどんどん火が燃え広がってしまう。

伐倒しながら斜面を登ると、あたりが白く煙ってきた。きなくささは最高潮に達し、俺は大きく咳《せ》きこんだ。俺と組んでいた巌さんが、

「そろそろ限界やな」

とチェーンソーを止めてつぶやく。

煙幕の向こうから、ホースを抱えた消防団員が飛びだしてきた。村人が自主的に結成する消防団は、ふだんから消火訓練をして山火事に備えている。

「おやかたさん！」

消防団の一人が、清一さんに駆け寄った。「これ以上は無理や」

「ヘリは」

「あと二十分で上空に着くらしい」

「よし。それまでなんとか、持ちこたえましょう」

清一さんの号令のもと、俺たちは伐倒した木を越え、いったん風下へ撤退した。倒れた木をバリケードがわりに、斜面に立つ木へ放水する。

めりめりと音を立てて生木を裂きながら、火が迫ってきた。立ったままの青々とした杉から、火の粉が舞い散る。

麓《ふもと》から前線まで、村人がバケツリレーで水を運びあげた。ポンプも最大出力で稼動し、数本のホースが水を撒《ま》きつづける。それでも火は猛威を振るって押し寄せる。伐倒して少しスペー

スができたため、それ以上燃え広がりはしないが、鎮火することもない。

「埒《らち》が明かんわな」

ヨキが舌打ちした。巌さんが顔を煤《すす》で真っ黒にして、近くの下草にバケツの水をかける。清一さんは、動揺する各班のメンバーをなだめ、的確に放水箇所を示す。三郎じいさんは諦めず、ちょっと離れた場所で、一人で黙々と伐倒を進める。

俺はヨキと一緒に、ホースで放水していた。

「勇気。俺はもうちょっと近くで水を撒いてくるわ」

「えっ。でも、危ないよ」

「こんなとこからチョビチョビ撒いとっても、泣きっ面にハチや」

「……それを言うなら、カエルの面に小便だろ」

「ええい、どっちでもええねぃな」

ヨキはうなった。「とにかく行くで」

ホースを持って、伐倒した木をまたぎ、迫り来る火に近づいていく。

「待てよ、俺も行く！」

いやだったけど、ヨキだけを危険にさらすわけにはいかないじゃないか。

放水で湿ったバリケードを越えた。熱風が逆巻き、服と髪の水分が一気に飛んだ。

熱い。

木々の合間に、赤い舌のような炎がうねるのが見える。火の粉が雨のように落ち葉に降り注ぐ。葉に火のついた杉が、幹を黒く焦がしてゆっくりと倒れていく。

「ヨキー！　勇気ー！　戻れ！」

清一さんが必死に呼んでいる声がしたけど、俺たちはもう振り返らなかった。二人がかりで、勢いよく水を噴くホースを支える。白く太いホースが、血管のように脈打っている。川魚が銀色に光って、放出口から水と一緒に飛びだす。

ああ、焼き魚になっちゃうな。いやに冷静に、そんなことを思った。

あちこちに飛び火する炎を、ひとつひとつ水で塗り消していく。俺とヨキは口をきかなかった。言葉を交わさなくても、次にどこをホースで狙うべきかが伝わりあった。熱気でとても口を開けたもんじゃなかったせいでもある。唇がひりひりした。目も半分しか開けていられず、煙が染みて涙がぼろぼろ出た。

気がつくと、放水の止まったホースを手に、斜面に立ちつくしていた。

赤いヘリが、消火剤を散布しながら秋の空を飛んでいる。

山にいるのに、どうしてこんなに空を見通せるんだろう。そう思ってようやく、俺は眼前の光景を脳で受け止めることができた。

焼けた森。黒い柱のようになって、斜面にぽつぽつと立つ杉の木。

小学校の裏山は、西の斜面の半分を燃やし尽くし、五百本の杉の木を焼失して、出火から三時間半後に鎮火した。

あとで消防署が調べたところよると、どうやら出火原因は煙草の不始末らしいということだ。

その日の午前中、町の住民がキノコ採りに来ていたそうだ。山に慣れていないひとは、山火事の怖さを知らず、気軽に煙草をポイ捨てする。

その山の緑が、どれだけの手間と時間をかけて育ったものなのかを知らないで。

でも、責めたり犯人探しをしようとしたりする村人はいなかった。燃えてしまうこともある。なああだ。

焼けただれた山をまえに、だれもがただ無口だった。

ドリフの爆発コントみたいに顔も服も真っ黒にして、俺たちは家路についた。

ヨキが軽トラックを庭に乗り入れると、みきさんが玄関先に出てきた。トラックから降り立ったヨキは、みきさんの顔を見て、

「くそ」

とつぶやき、うつむいた。唇を噛みしめている。みきさんが近づき、ヨキをそっと抱きしめた。

俺はちょっと泣きそうになって、かたわらに立っていた。繁ばあちゃんが杖《つえ》をつき、よぼよぼとやってきた。

「おつかれさんやったな」

と、俺の腰を軽く叩く。本当は背中を叩きたかったんだろうけど、繁ばあちゃんの手はそこまで届かなかったんだ。

こらえていた涙が、一粒だけ落ちてしまった。

火は怖かった。木が焼けていくのを見るしかなくて悔しかった。大声で泣いて訴えたかったけど、もちろんプライドにかけてそんなことはできない。

繁ばあちゃん、歩こうと思えば歩けたんだなあ。

わざとそんなことを考え、星のまたたきはじめた空を見上げた。


なんだかノコの元気がない。

山火事が鎮火したあと、ノコは煤けた姿で山から下りてきた。尻尾を力なく垂らしたまま、ヨキの運転する軽トラックの荷台に乗って、俺たちと一緒に家に帰った。

それ以来、庭の犬小屋でうなだれている。

ノコにとって、よっぽどの恐怖体験だったんだろう。俺やヨキでさえ、山火事のあと数日はふさぎこんでいた。至近距離で目撃した炎と、杉が燃えてしまったことに、ショックを受けた。犬のノコには「火事」の仕組みがわからないぶんだけ、怖さも倍増だったようだ。「山で高温の怪物に追いかけられた」とでも思っているのかもしれない。

ドッグフードも、ほとんど食べなくなった。心配したみきさんが奮発して、ノコの大好物である高級ドッグフードを町のスーパーで買ってきた。でも、哀しげに鼻を鳴らし、餌皿から顔をそむけてしまう。ヨキもしょっちゅう犬小屋に声をかけるが、はみでた尻尾をおざなりに振るだけだ。山仕事にもついてこない。斜面を駆けまわるのが、あんなに好きだったのに。

「こんなノコは、ほぼはじめてや」

とヨキは言った。

「ほぼ、ってなんだよ」

「二年ぐらいまえにな、俺は東の山で崖から落ちたんさ」

植林したはいいが、何十年も手入れをしていない場所で、ヨキも踏み入るのははじめてだったらしい。持ち主が中村林業に管理を依頼してきたので、現状を調べるためにヨキが一人で向かった。ノコもついてきた。

「シダがけっこう生えとってなあ。杉の葉が繁りすぎて薄暗いし、熊でも出そうな山なんや。用心のため、ノコをさきに歩かせとった」

そうしたら、ノコがまわれ右して戻ってきた。すわ、熊かと思ったヨキは、あたりの様子をうかがった。獣の気配はない。ノコは杉の根もとに小便をしている。

なんだ、と緊張を解き、数歩進んだところで崖から落ちた。シダに隠れてよく見えなかったそうだけど、地面に三メートルほどの段差があったんだ。

「ケツの骨が割れたかと思ったねぃな」

と、ヨキは当時を思い返して語る。「痛《いと》て痛て、たった三メートルを這いあがるのに一時間はかかったわ」

崖の縁から顔を出したヨキに、ノコは申し訳なさそうに尻尾を振ってみせたらしい。そのあと三カ月、ノコはあまり飯を食わなかった。

「なんで？　ヨキが勝手に崖から落ちたんだろ」

「犬がなにに責任感じるのか、俺にはわからんねぇな」

ヨキは、「放っておけば、そのうち元気になる」と言うが、どうも心配だ。

「獣医さんに見せたほうがいいと思うんです」

ノコの見舞いに訪れた清一さんに、俺は言った。清一さんは、「ふうむ」と小さくうなり、ノコを眺めた。ノコは、しつこく呼んだらようやく犬小屋から出てきたが、伏せをしたきり動こうとしない。

清一さんと一緒に来た山太《さんた》が、

「どしたん、ノコ」

と背中を撫でても、下顎《したあご》を地面につけ、耳は情けなくへたっている。上目遣いに山太を見たが、すぐに興味をなくしたように目を閉じてしまう。「ああ、中村の坊ちゃんですかい。すまないが、俺のことは放っておいておくんなさい」とでも言いたそうだ。

「山火事がトラウマになっちゃったんでしょうか」

「それもあるだろうが……」

清一さんはちょっと考え、「よし、協力してくれ」と言った。

濡れ縁で足の爪を切っていたヨキを呼び寄せ、清一さんは作戦を説明した。

「そんなことで、ほんまにノコが元気になるんかいな」

ヨキは半信半疑だったが、

「やってみる価値はある」

と清一さんは自信満々に押し切った。

本格的な冬に備え、ヨキの家の軒下には薪《まき》が積みあげられていた。土間にある台所は、冷えこみが厳しいので薪ストーブを使う。柴《しば》や五十センチぐらいに切った丸太が、背丈ほどの高さまで蓄えられている。

「柴の枝はともかく、丸太はやめんかいな」

とヨキは渋った。だが、清一さんは平然とうながす。

「大丈夫。乾燥してきてるから、軽い」

「軽いったって、十本も二十本もぶち当たってみぃ。怪我したらどうするねぃな」

「なあなあだってば、ヨキ」

俺は真面目な顔を作って言った。「ノコがかわいくないのか」

「我が身もかわいいがな！」

ヨキの抗議を無視し、

「さ、配置につけ」

と清一さんは家屋の陰に隠れた。俺は山太とともに、清一さんのあとにつづく。

ヨキは庭に取り残された。ヨキがいることはわかってるはずなのに、ノコはあいかわらず顔を上げない。

「えー、ゴホン」

ヨキがわざとらしく咳払いした。「おや？　薪が崩れそうやな。どら、ちょっと積み直すか」

陰から覗き見ていた俺と山太は、ヨキのあまりの大根役者ぶりに、顔を見合わせてくすくす笑った。ヨキはノコのまえを横切り、軒下の薪に手をのばす。

「うわあ！」

ドサドサドサッと盛大に薪の山が崩れた。正確に言うと、ヨキが引き倒したんだけど。ヨキはなだれる薪と一緒に、庭に倒れ伏した。異変を察知したノコが、さすがになにごとかと立ちあがった。

「助けてくれー」

散乱した薪を何本か腹に載せ、ヨキは力なくうめいた。「動けん、助けてくれノコ！」

忠実なノコは、小走りにヨキに近づいた。鼻先でヨキの腕を押す。しかしヨキは起きあがらない。

「あかん、このままだと死ぬぅぅ」

瀕死《ひんし》の昆虫みたいにもがいて、ノコに訴える。「だれか呼んでくるんや」

ノコはとまどったように、倒れたヨキのまわりをうろうろした。ヨキの作業着をくわえて引っぱり、ヨキの頬をなめた。それから突然、嵐のように激しく吠えはじめた。

普段のノコは、めったに鳴かない。山太に耳をつままれても、尻尾をつかまれても、おとなしくされるがままだ。なのに、主人のヨキが窮地に陥ったとたん、まさに犬が変わったようになった。

痛切な声で必死に、「急を報せなきゃ」と吠えつづけるノコの姿に、俺は胸を打たれた。ノコがいじらしく思えたのか、ヨキも段取りを無視して、「おい、ノコ。そないに吠えんでも」と、あたふたしだした。

「そろそろいいだろう」

清一さんがヨキとノコのほうへ足を踏みだそうとしたそのとき、玄関の引き戸が勢いよく開いて、家のなかからみきさんが飛びだしてきた。

「ノコ、いったいどうし……」

と言いかけたみきさんは、薪まみれで庭に倒れているヨキを発見し、「あんた!」と叫んだ。

「どないしたんな!」

みきさんはヨキを抱え起こし、猛然と揺さぶりだした。「死んだらあかんねぃな、ヨキー!」

これはまずくないか。俺は清一さんを振り仰いだ。

「みきさんに、芝居を打つってことを言い忘れてましたね」

「うん。まあ、もうちょっと様子を見よう」

なにも知らないみきさんが加わったことで、芝居は格段に本当っぽくなった。ガクガクと揺れるヨキは、舌を噛みそうになっている。ノコはみきさんと一緒になって、ヨキを励ますように吠えている。

「ま、待て、みき。俺は平気や。ちょっと、そんなに揺すられたら、酔うてしまうがな」

みきさんの暴挙をなんとか止めたヨキは、ノコを熱く抱き寄せた。「ノコ、おまえのおかげで命拾いしたで! おまえは日本一の忠犬や!」

あいかわらずおおげさな大根ぶりだ。でも、ヨキに撫でられ、褒め称えられたノコは、うれしそうに激しく尾を振った。ノコはヨキのにおいを嗅ぎ、無事を確認すると、「あー、疲れた。一仕事した」とばかりに犬小屋に戻った。皿に盛られたままだったドッグフードをがっつきだす。

「元気になった！」

と、山太が手を叩いた。

「だけど、どうして急に？」

首をひねった俺に、清一さんが説明してくれた。

「つまりノコは、山火事で役に立てなかったと思いこみ、自信を失っていたんだな」

「えー？　だって、犬に火を消せるわけないんですから、しょうがないことなのに」

「それでも、班の一員だと自負するノコにとっては、プライドが傷つく出来事だったんだろう」

そうか。今回、ヨキを救出することができた（と思っている）ノコは、班のメンバーとしての面目を立てた。それで自信を取り戻し、飯も喉を通るようになった、ってことらしい。

俺は感心した。山で仕事をするものは、犬であっても誇りを持ってるんだなあ。

庭ではヨキがみきさんに、

「なんやったん、人騒がせな」

と怒られている。

「フォローしなくていいんですか」

と清一さんに聞くと、返事は「放っておけばいい」だった。

「ノコも自信を回復したし、ヨキはみきさんに大切に思われていると実感できたしで、一石二鳥だ」

たしかに、みきさんに怒られつつも、ヨキはまんざらでもなさそうな表情だ。山太は早速、ノコと追いかけっこをしている。

だましてごめんな、ノコ。でも、元気になってよかった。

俺は清一さんと、散らばった薪を積み直した。悠然とそびえる神去山は、頂のほうから赤く色づきはじめている。金色の稲穂が垂れる田んぼのうえを、赤いトンボが群れ飛んでいる。

犬のために大の大人が真剣に芝居する神去村を、俺はけっこう好きかもしれない。


山火事のあとに変化が表れたのは、ノコだけじゃなかった。村のひとたちが俺を見る目も、ちょっと変わったんだ。

もちろんいままでも、大半のひとは俺をフツーに受け入れてくれてたけど、よそものにいい顔をしないひとも確実にいた。山根のおっちゃんの一派だ。

ところが、山火事で俺が活躍したのが効いたのか、山根のおっちゃんの態度が軟化した。道で行きあったとき、挨拶を返すようになった。まあ、「挨拶」といっても、俺が「こんにちは」って言うと、重々しくうなずくだけなんだけど。以前は完璧《かんぺき》に無視されてたから、山根のおっちゃんがはじめてうなずき返したときは、「とうとう気むずかしい野生の猿を手なずけましたぞー！」って感じで、うれしかった。

昼の休憩時間に、日当たりのいい山の斜面でそんな話をしたら、

「猿て、おまえ失礼なやっちゃなあ」

と巌さんは笑った。

「似とるもんは、しゃあないわな」

ヨキがめずらしく俺の意見に同意する。木陰で立ちションしていた三郎じいさんが、チャックを上げながら戻ってきた。

「山火事では、勇気はようけ頑張ったんや。あの若造に、ブシベシ（つべこべ）言われる筋合いはないいねぃな」

三郎じいさんにかかると、山根のおっちゃんですら「あの若造」呼ばわりだ。

「なにはともあれ、勇気が祭りに参加できそうでよかった」

と、清一さんがノコにウィンナーを分けてやりながら言った。

村はオオヤマヅミさんの祭りに向け、静かに盛りあがっていた。オオヤマヅミさんがなんなのか、どんな祭りが行われるのか、俺にはあいかわらずわからなかったんだけど。とにかく毎日のように、村のどこかで神事らしきものが執り行われる。祭りの当日を「大統領選挙」だとすると、それ以前の小さな神事は「予備選」みたいなもんらしい。

予備選的神事は、気づかないうちにはじまって終わる。村じゅうの小さな祠《ほこら》がいつのまにか

掃除されていたり、ある日突然、神去川に注連縄《しめなわ》が渡されていたりする。担当を割り振られた村人が、人目につかないように実施しているそうだ。

「祠をきれいにするのは、村のなかを清浄にする意味あいがあるんや」

巌さんが教えてくれた。「川に注連縄を張るのは、悪いもんが村に入ってくるのを防ぐためや。準備を整えてさっぱりしたところで、いよいよオオヤマヅミさんの祭りをはじめる」

なんだか大がかりなんだな、とびっくりした。祭りの本番は十一月の半ばなんだけど、こまごました神事は、その一カ月以上もまえからつづくんだ。おやかたさんである清一さんは、すべてを監督しなきゃならないらしく、忙しそうだった。

一番びっくりしたのは、刈り入れが終わったばかりの田んぼに、突如として櫓《やぐら》が建てられたことだ。十月中旬の土曜日で、山仕事は休みだったから、俺は櫓を偵察に行った。四隅に稲の束をぶらさげた櫓のうえには、太鼓が載っている。人影はない。

なんなんだろうと思っていたら、昼過ぎに太鼓の音が村に鳴り響いた。急いで表に出てみると、リズムに合わせ、櫓のまわりを十人ほどの男女が巡っている。盆踊りに似てるけど歌はない。全員が無表情かつ無言で、ゆっくりと手を上げたり下ろしたりする。しかも、白装束だ。

こわいよー。なんなんだよー。

「ほうねん舞いや」

見物に来ていた三郎じいさんが言った。「これを見ると、祭りが近づいてきたちゅう実感が湧きよるな」

「なんで、歌とか手拍子とかがないんですか」

「なんで、て？」

「UFOを呼ぶ儀式みたいで、なんだか不気味ですよ」

「神さんに捧げる舞いなんやから、厳粛にやるに決まっとるねぃな」

うーん、理解不能。俺が知ってる盆踊りは、町内会主催のものだけど、もっと派手にスピーカーで音楽流してたぞ。文字どおり、お盆にやってたし。

神去村の「ほうねん舞い」は見物人もまばらで、白装束の村人が櫓を巡るのをやめても、拍手も起きなかった。さらに言うと、その日の夕方には、なにごともなかったかのように櫓自体も撤去された。

ほんとになんなんだよ、いったい。

こんな調子で、意味のわからない神事が繰り返され、とうとう祭り本番の日を迎えたのだった。

その日は早朝から、というか、実のところ深夜の二時に叩き起こされ、祭りの儀式を次々とこなしていくはめになった。途中で何度も、「俺はよそもののままでいいっすから、リタイアさせてください」と言いたいぐらいだった。

お祭りって、飲んだり食べたり楽しく踊ったり、ってイメージがあるだろ？　もう、全然ちがう。神社の夏祭りは、神去村の表の顔にすぎなかったんだ。オオヤマヅミさんの祭りは、神去村の裏の顔。村人の本性がむきだしになった祭りだった。

本性というのはつまり、「なあなあ」で「破壊的」ってことだ。死ぬかもしれないと生まれてはじめて心の底から思ったほど、大変な目に遭った。

でもその話をするまえに、直紀さんとのことを書いておこう。

金魚をもらった夜以降、なにか進展があったかっていうと……。情けないことに、これがまったくなにもなかった。

俺だって、手をこまねいていたわけじゃない。直紀さんは、ちょくちょく清一さんのところに遊びにきていた。だから俺も、バイクのエンジン音がするたび、用もないのに清一さんの家に顔を出した。ヨキにからかわれたけど、かまうもんか。

直紀さんは山太と塗り絵や折り紙をした。祐子《ゆうこ》さんを手伝って、台所で栗の渋皮煮を作っていることもあった。俺は山太に肩車をねだられながら、そんな直紀さんをこっそり見ていた。俺の視線に気づかないふりをする直紀さんは、いつだって清一さんを見ていた。

でも清一さんは、直紀さんから礼儀正しく距離を取る。あくまで、「妻の妹だから、俺にとっても大切な妹です」って態度だった。直紀さんの気持ちに気づいてんのかなあ。気づいてるんだろうなあ。ぬかりのないひとだもん。

気づいてるけど、気づかないふり。清一さんには、直紀さんの気持ちに応えるつもりがない。俺はちょっとホッとしたけど、哀しくもあった。たしかに存在するのに、ないことにされてしまう。それを直紀さんがどう感じているのか、想像すると哀しい。直紀さんに対する俺の気持ちと、おんなじだなと思うから。

問題は祐子さんだ。妹が自分の夫に恋心を抱いていることに、祐子さんははたして気づいてるんだろうか。

俺は注意深く祐子さんの動向を観察したけれど、よくわからなかった。祐子さんはしっかり者で、いつもにこやかだ。清一さんへの信頼を、全身でものがたっている。みきさんみたいに過激に嫉妬したり、直紀さんみたいにじっとり片思いしたりってことは、祐子さんにかぎってはなさそうだ。だから逆に、尻尾がつかめない。

「そりゃおまえ、清一の嫁はんは全部わかっとるわな」

と、ヨキは言った。「泰然としとるんは、自信があるからや。男心をそらさん、ええ女やからな」

にやにやするヨキの腿《もも》を、みきさんがつねりあげた。

「男心をそらしまくりの女で、悪かったたねぇなあ」

「いてて、そないなこと言うとりゃせんがな」

ヨキの家の食卓では、しょっちゅう夫婦のバトルがはじまるので、俺もいまさら驚かない。

「でもさ」

と口を挟んだ。「万が一まちがいが起きたらって、祐子さんは不安になったりしないのかな」

「ないない」

ヨキとみきさんは、そろって首を振った。

「清一は、そっち方面は石地蔵なみにお堅い男ぞ。嫁はんの妹にふらつくなんて、神去村の山が全部ハゲチャビンになるぐらいありえへん」

「それに、直紀もええ子やもん。山太や祐子さんを悲しませるようなこと、するわけないねぃな」

たしかにそうだ。じゃあ、直紀さんは告白もできないまま、清一さん一家を見守るしかないってことなのかな。それってつらいよな。

「人間、どっかで諦めなあかんこともある、ちゅうことやな」

黙って話を聞いていた繁ばあちゃんが、茶をすすりながら言った。「諦めて勇気と結婚してくれるかといったら、それはまたべつやけども」

「け、結婚って」

俺は思わずむせてしまった。「そんなこと考えてませんよ」

「ふぇっ、ふぇっ」

と繁ばあちゃんは笑う。「とりあえず、祭りで男らしいところを見せてやるねぃな」

「それ、ええな」

ヨキがぽんと手を打った。「おまえにも、祭りで活躍できるチャンスがあるで。俺のおかげやな」

「なんでヨキのおかげなんだよ」

「俺はメドに選ばれとるやろ？　メドのおる班は、祭りの中核を担うんや。この機を逃さず、男を上げろや。な？」

だから、メドってなに。第一いまどきの女のひとが、「祭りでの男らしさ」に惚れることなんてあるんだろうか。ものすごく疑問だ。

直紀さんは俺に、ひっそりつぶやいたことがある。「お姉ちゃんて、ずるいんよ」と。栗の皮を、小刀でせっせと剝いているときだった。台所にいたのはちょうど俺だけで、だから直紀さんは、独り言のつもりだったのかもしれない。

「清一さんがあんまり神去弁を使わへんのは、なんでやと思う？　東京から嫁に来たお姉ちゃんが、さびしくないようにや。ばかみたいやろ」

俺は黙っていた。剝いた栗の入ったボウルを膝に抱え、直紀さんは土間に置いた縁台に腰かけていた。薄暗いその場所で、直紀さんが器用に動かす小刀の刃だけが光った。足もとに栗の皮が散らばる。

「お姉ちゃんは昔からそうや。うまく男を操縦する」

言葉の切っ先が、直紀さん自身を傷つけているように感じられ、俺は言わずにいられなかった。

「でも、直紀さんは祐子さんを嫌いじゃないでしょう」

「そうやな。嫌いやない」

直紀さんは作業の手を止め、ちょっと笑った。「私、いっそのこと男やったらよかった。あんたみたいに、清一さんと一緒の班になって、山仕事をするんや」

渋で黒くなった手を洗うため、直紀さんは立ちあがった。

「あーあ。私、なに言うとるんやろ。いまのは忘れて」

忘れられるはずがない。山太が「遊ぼう」と呼びにくるまで、俺は台所にたたずんでいた。

「忘れさせてやる」なんて大層なこと、俺には言えないし言いたくもない。ただ、オオヤマヅミさんの祭りが、直紀さんの気持ちをすっきりさせるきっかけになればいいなと思った。そうなるように頑張ろう。

だって祭りって、興奮して、死にそうになって、新しく生まれ変わる。そういうもんだろ？

さて、俺は静かな決意を胸に、祭りの日を迎えたんだけど……。決意は何度も崩れ去りそうになった。

まず、深夜の二時に、吹き鳴らされるホラ貝の音が村じゅうに響き渡った。同時にヨキが、境の襖をスパンと開け、

「起きろー！　祭りのはじまりやでぇ！」

と俺の寝室に乱入してきた。

こんな真夜中に祭りが開始されるなんて、聞いてねえよ！

俺は寝ぼけたまま布団から引きずりだされた。居間で待ち受けていた繁ばあちゃんが、風呂敷包みを手渡してくれる。

「なんですか、これ」

「水行を終えたら、これに着替えるんや」

み、みずぎょう？　なんかすごくいやな予感がする。

「生きて帰ってこなあかんで」

みきさんはそう言い、玄関先で火打ち石を打って見送ってくれた。気丈なはずのみきさんの目に、うっすら涙が浮かんでいる。

「生きて、ってどういうことなんすか。ちょっと、みきさん」

「気にするねぃな。みきのやつは、おおげさなんや」

混乱する俺を強引に連れだし、ヨキは神去川のほうへ下りていった。いいのかな。ヨキは寝間着がわりの浴衣、俺に至ってはTシャツとトランクスって恰好なんだけど。ついでに言うと、神去村の十一月半ばは、けっこう本格的に冬だ。夜なんか、吐く息が真っ白だ。

寒い。ぶるぶる震えながら百貨店の橋を渡ると、そこには村の男衆が集結していた。何人かが手にした白い提灯《ちょうちん》が、深い闇に揺れている。

清一さんが、厳かな声で切りだした。

「本年のメドは、神去地区の飯田与喜《いいだよき》。補佐は中村清一班。立会《たちあい》は中地区の雲取仁助《くもとりにすけ》班。先導は下地区の落合強《おちあいつよし》班。ご一同、異議はございますまいか」

「ござらん！」

男衆は声を合わせる。なんだ、これ。時代劇？　俺がびっくりして口を開けてるうちに、儀式（？）はどんどん進行していく。

男衆が手を打って歌いだした。

「蛇なあ、ちょろちょろ。ウサギなあ、来い来い。神去の神さんな、乗せてこい。なあなあ、ほいな、なあなあ、ほいな」

歌いながら、次々に神去川に入る。ヨキはもちろん、いの一番に突入した。まじで⁉　だって、十一月だよ。むちゃくちゃ水が冷たいよ。

俺は立ちすくんでいたのだが、三郎じいさんと巌さんに両腕をつかまれ、履いてた靴ごと水に足をつけることになった。

「ひー！　つめたい！」

「我慢するねぃな」

「身を清めんと、神去山に登れんがな」

登らなくていいってば。涙目になって逃げようとしたんだけど、有無を言わさず、腰ぐらいの深さの淵に体をひたされた。

心臓麻痺を起こすかと思った。流れる川の水は、冷たいなんてもんじゃない。痛くて、しびれて、感覚がなくなる。

小刻みな震えが全身を貫き、一瞬で筋肉痛になりそうだった。通信販売で、「ダイエットベルト」ってのがあるだろう。「一分間に三千回振動します」みたいなやつ。あんなの目じゃないぐらい、冷水は効果があると思う。でも、命の保証はできないけどね。

俺は川の真ん中で、「あわあわあわ」って言った。まともな言葉が出なかったんだ。「なあなあ、ほいな」の声に合わせ、男衆は脳天まで水にもぐったり、持参した手桶で豪快に頭から水をかぶったりする。

「ほいな！　ほいなぁ！」

ひときわ馬鹿でかいかけ声とともに、水をかぶりまくってるのはもちろんヨキだ。つきあいきれん。

「勇気、しっかりするねぃな」

と巌さんが言った。「もう少しの辛抱や」

「いま、ちょっと水温が上がらんかったか？」

と三郎じいさんが言った。「俺がしょんべんしてやったで」

げっ、汚い！　サイテーですよ三郎じいさん！　と抗議したかったんだけど、俺の口から出たのはやっぱり、

「あわあわあわ」

だった。

永遠にも思われた水行は、時間にすれば五分もなかったのかもしれない。

「なあなあ、ほいな。オオヤマヅミさんに馳せ参じん」

歌が終わり、男衆は我先にと岸辺へ上がった。服を脱ぎ、真っ白な手ぬぐいで体を拭く。ヨキは発火しそうなほど激しく、手ぬぐいで体をこすっている。

肌からうっすら立ちのぼる湯気が、提灯の明かりに照らされて陽炎《かげろう》みたいだ。

風呂敷の中身は、山伏の白い装束だった。神隠しに遭った山太を捜索したとき、着たものだ。

俺は鼻水をすすりながら着物を着た。手が震えちゃって、脚絆《きゃはん》の紐がうまく結べない。

「これから、なにをするんですか」

小声で尋ねると、巌さんは「しいっ」と言った。

「神去山に着くまでは、しゃべったらあかんねぃな」

下地区の落合班が、錫杖《しゃくじょう》を持って先に立った。俺たちと中地区の雲取班とがあとにつづく。そのうしろに、役割分担に指名されなかった班の男衆がぞろぞろ連なる。全部で四十人ちょっとだろうか。神去村で働ける年の男が、みんな参加していた。

行列は夜の道をたどり、神去山を目指した。車ならすぐだけど、歩いたら麓まで一時間はかかる。

銀色の星がきらめいていた。冷たい風が、香ばしい落ち葉のにおいを山から運んでくる。点在する家は、どれも静まり返っている。どこかで水が湧き、魚の跳ねる音がする。

村の墓地を過ぎると、人家は完全に姿を消した。小石の転がる未舗装の道を歩く。足もとだけは、普段履いている地下足袋《じかたび》だ。しっくり馴染《なじ》んだ感触で、地面を踏みしめる。そのころには水行の衝撃も薄れ、震えも止まっていた。道沿いに植わった杉の梢《こずえ》が、黒く空を塞《ふさ》いでいる。

言葉を発するものはだれもいない。無言の行列が夜を往《ゆ》く。

木々がざわめく林道を通り抜け、やがて神去山の登山口に着いた。小さな祠に、ロウソクの火が灯っている。二本杉には新品の注連縄が巻かれていた。ここからさきは、鬱蒼とした山の斜面に、細い獣道がつづくだけだ。時刻はたぶん、午前三時半をまわったところだろう。

行列は祠のまえのちょっとした広場で止まった。背後には、豊かな水量を誇って激しく流れる神去川。

まさか、こんな夜中に山を登るなんて言わないよな？

「ご苦労さんですな」

暗闇のなかから声がかかった。広場に見覚えのある中年の男が立っている。俺が神去村にはじめて来たとき、林業研修を担当してくれたおじさんだ。かたわらには、山仕事の道具が山積みになっている。一人で運んできたんだろうか。さすが、猪を投げ飛ばすだけのことはある。ヨキが進みでて、おじさんから斧を受け取った。うながされ、俺もまえに出る。愛用のチェーンソーがちゃんとあった。い、いつのまに。

俺たちの班は、使い慣れた山仕事の道具をそれぞれ手にした。いやな予感は、いまやどんどん増していた。

広場に集った一同を代表し、清一さんが祠と神去山に向かって柏手《かしわで》を打った。

「神去の神、オオヤマヅミどのに、かしこみかしこみ申さくー。ワイラナ　カテト　ヤスキヒヲ　メグミタマワンナ　アリガタク　チニコメフリフリ　ヤマニスミボロボロ」

え？　なに言ってるかわかんないって？　うん、俺にもわかんなかったんだ。文字で記録するのは不可能って感じの、妙な呪文《じゅもん》は一分ぐらいつづいた。

「ヒトト　ケモノト　ヤマノキヲ　トコシエニマモリ　オオヤマヅミドノ　シズマリタマエナナアナア」

まわりの男衆が声をそろえ、

「ほいな！」

と叫んだので、俺はびくっとした。清一さんがまた柏手を打つ。男衆がいっせいに頭《こうべ》を垂れる。三郎じいさんに後頭部をぐいぐい押され、俺も神去山に向かってお辞儀した。

これで帰れるのかなあ、なんて儚《はかな》い希望を抱いたんだけど、もちろん甘かった。

「気張って行くでぇ！」

ヨキが斧を持ったまま、腕をまわしだしたんだ。「急ぐねぃな！　夜が明けてしもたら、神去の神さんに失礼ぞ！」

言うが早いか、神去山の獣道に突撃していく。

「つづけー！」

三郎じいさんが号令をかけ、自分も斜面の草を掻きわけはじめた。

戦場かよ！　つづきたくねえよ！

と思ったんだけど、男衆はそれまで無言だったのが嘘みたいに、口々に吼えながら斜面を登る。俺一人が広場でたじろいでいたら、視界を白いもんがよぎった。ノコだ。走ってここまで来たらしい。ヨキのあとを追って、ノコも獣道に消えた。

くそー。犬にまでおくれを取るわけにはいかん！

俺は覚悟を決め、チェーンソーを片手に斜面に足を踏み入れた。

いったいなんのために神去山に登るのか、登ったさきになにがあるのか、ひとつもわからないままに。

森は深く、暗かった。

夜明け前の神去山を照らすのは、先導役と立会役が持つ十個ばかりの提灯の明かりだ。頭上を覆う葉陰から、たまに冬の星も覗くけれど、とても闇には太刀打ちできない。

一緒になって斜面を登るひとたちの、息づかいとほのかな体温だけが頼りだ。まえを行くヨキの、地下足袋のゴム底が歩調に合わせてちらちら見える。俺はそれを目印に、必死になって道なき道をたどった。一行は山頂を目指し、斜面をほぼ一直線に上がっているようだ。

傾斜はきつく、荒い呼吸が白い靄《もや》となって冷たい空気に漂う。さすがのヨキも、いまは雄叫びをやめている。手にした斧で、行く手をふさぐ蔓《つる》や下草をたまになぎ払っている。ノコはヨキの足もとで、俺を手招くように尻尾を振った。

朝を待たず、鳥は眠りを破られたらしい。突如現れた俺たちに向かって、大きな樫《かし》の木の枝から鋭く警告の声を発した。ウサギかイタチか、茂みを揺らして逃げていく気配もした。夜の山は音にあふれている。木も鳥も動物も、侵入者である俺たちの動向をじっとうかがっているのがわかる。

だけど、どこか静かだった。葉を揺らす風も鳥の声も俺の息づかいも、森を形づくる何百年ぶんもの年輪に吸いこまれていくみたいだ。

一時間ほども斜面を登りつづけ、体は汗ばんでるのに震えが来た。肉体と魂が粉々になって、

森の養分になっちゃいそうだ。自分がだれで、どこにいて、なにを目指せばいいのかわからなくなるぐらい、俺は山の空気に圧倒されていた。

「勇気」

と清一さんが背後から呼びかけてきたのは、そのときだ。「ほら、きれいだろう」

清一さんのチェーンソーが指したさきを見る。大人が一抱えするのもやっと、というほど、大きな杉の切り株があった。朽ちて苔むした切り株のまわりは、森の密度が少し低い。切り株のそばで、二メートルほどの高さの木が枝を広げていた。細い枝はすでに葉を落とし、かわりに小さな赤い実を無数にぶらさげている。優しい炎だ。遠くから見る街の灯のようだ。

「マユミという木だよ」

清一さんは言った。「山は近寄りがたくて恐ろしいばかりじゃない。だれも見ていなくても、こんなにきれいなものを、毎年ちゃんと実らせる」

清一さんは、はじめて本格的に神去山に足を踏み入れた俺を、注意深く見守っていてくれたんだろう。おかげで、落ち着きを取り戻すことができた。俺は清一さんを振り返り、「もう大丈夫です」とちょっとうなずいてみせた。

マユミの赤い火が燃え移ったみたいに、あたりは少しずつ明るくなっていった。最初は薄青く染まった空気が、ついで朝焼けのオレンジに変わり、やがて透明で清浄な朝が来た。

斜面の途中で、俺は足を止めた。

神去山の森。暗闇のなかでわけもわからず突進していた場所は、とんでもない森だったんだ。

神隠しに遭った山太を探したときにも、その片鱗《へんりん》を垣間見た。でも、山の奥深い場所に広がる森は、もっとすごい。とにかく巨木の集合体だ。三十メートルはあるエノキ、白い葉裏が雪のように空を覆う樫の木、ひび割れた樹皮を持つ桂《かつら》の古木。これまで手入れした山では見たこともなかったような、どでかい杉やヒノキも生えている。落葉樹も常緑樹も、針葉樹も広葉樹も、人間の決めた分類なんてぶっとばす勢いでまぜこぜだ。

植林された山とはちがう、混沌《こんとん》とした秩序のもとに、多種多様な木がむせ返るほどの緑の空間を作っていた。

以前に清一さんの家の庭で見た、大きな柿材。あれはきっと、神去山から切りだしてきたものなんだ。俺はようやく、そう察した。

斜陽産業と呼ばれてひさしい林業で、神去村がなんとか成功している理由。それは、計画的で効率のいい植林戦略にある。新旧の人材をうまく配置しているためでもある。だけどなにより大きいのは、神去山があるってことだ。

神去山は、村人の信仰の対象だ。心のよりどころだし、山で生きる誇りの象徴だ。そして文字どおり、「金のなる木」を産出する大切な宝の山でもあったんだ。

俺は呆然として、頭上高く繁る葉を見上げた。どこからのびてるんだか見当もつかない、地を這うぶっとい根っこを地下足袋のさきでつついた。こんな森が本州の、小さな村の山奥に広がっているなんて、信じられなかった。

テレビ局は知らないのかな。神去山の様子が放映されたら、きっと観光客が押し寄せるぞ。

情報提供者の俺にも、ちょっと謝礼が出るかもしれない。

　あくどいことを考え、急いで打ち消す。だめだだめだ。秘密の森のことを外部にばらしたら、「なあなあ」な神去村の住人もさすがに、俺をただでは済まさないだろう。二度と村から出してもらえなかったりして。住人全員が、鉈《なた》を手に追いかけてきたりして。うわー、そんなのはごめんだ。

　どうして、村人といえども、ふだんは神去山に入っちゃいけないのか。俺を祭りに参加させるのを、渋るひとたちがいたのか。

　すべては、神去山の森を守るためだろう。

　神去村の人々が、巨木の森を乱伐することなく、いかに慎重に手入れし、長年にわたって大事に受け継いできたかは、この風景を見ればわかる。

　俺は信頼され、村に受け入れてもらえたんだ。そうわかって、うれしく誇らしかった。

　先導を務める落合班が、

「稜線に出たで！」

と道のさきから知らせてきた。「よっしゃあ！」と、ヨキが威勢よく斜面を駆けあがっていく。巌さん、三郎じいさんも、俺の横をすりぬけて足を速めた。

「行こう、もう少しだ」

　清一さんにうながされ、再び歩きだす。

　麓の祠からほぼ一直線だった獣道は、ここへ来て、斜面に「つ」の字を書く形で大きくまわりこんでいた。まわり道の理由は、すぐにわかった。行く手を大岩がふさいでいるためだ。

さすがに最後の傾斜は厳しくて、俺は一人、列から遅れてしまった。

「おーい、なにをモタモタしとるねぃな」

遠くでヨキが呼んでいる。俺はやっとのことで大岩の脇を通過し、稜線へ出た。

みんなはどこにいるんだろう。白装束の一団を探すが、とにかく森が深くて見通しがあまり利かない。

遭難なんて冗談じゃないぞ。俺は内心で少しあせりながら、耳を澄まし目をこらした。

行く手に、杉らしき梢がひときわ高く突きでているのが見えた。梢のまわりを、赤い布と白い布がふわふわ舞っている。祭りのために、木に吹き流しでもつけたんだろうか。そう思ってよくよく見ると、どうも二人の女みたいだ。赤い着物と白い着物を、それぞれ身につけている。

「ええっ？」

俺は目をこすった。入念にまばたきしてから、もう一度、おそるおそる梢のほうへ顔を向ける。

だれもいない。水色に晴れわたった初冬の空をバックに、杉の緑がそびえているだけだ。あたりまえだ。高さ三十メートルはある梢のまわりを、ひとが飛ぶわけがない。

でもなんとなく、あの木の下にみんなは集結しているんだろうな、と思った。俺は迷いなく、杉に向かって稜線を歩いていった。

神去山では、ものを食べちゃいけないらしい。

なんでだよ。朝飯を食いたいよ。グーグー鳴る腹をもてあまし、俺は湧き水を手で受けて飲んだ。そばではノコが、銀色に輝く水面を凝視している。

山伏姿の男衆は、例の杉の根もとに集まり、なにやら協議中である。

「おいおい、仁助のじっちゃん。かむけっかる（冗談を言う）のもたいがいにせにゃあかんねぃな」

「ちょっともけっかってはおらんねぃぞ（これっぽっちも冗談は言っていないぞ）、ヨキ。おまなあやんさぐれて（おまえならできると）、わしゃあ言うとるねぃな」

高齢者が多いうえに早口なもんだから、神去弁のヒアリングがますます困難だ。議題がなんなのかすら、よくわかんないんだけど、どうやら杉の木をめぐって、ヨキと立会役の雲取仁助さんが激論を戦わせているようだ。三郎じいさんが「もっとやれ！」と楽しそうに煽《あお》り、山根のおっちゃんが「なあなあで行かなあかんねぃな」と割って入った。清一さんは、両者の言いぶんに黙って耳を傾けているみたいだ。

とりあえず水で腹を満たした俺は、地表に張った杉の根に腰かけた。土を押しあげている部分の根っこだけでも、俺の膝ぐらいまで高さがある。

これまで生で目にしたなかで、一番大きな杉だった。根近くの直径は、三メートル近いだろう。壁のようにそそり立つ堂々たる幹には、やわらかな苔が生えている。小さなトカゲが、苔のうえを素早く横切った。頭上はるかな緑の枝では、小鳥がさかんに鳴いている。

どれだけの数の生き物が、この木を住処《すみか》にしてるんだろう。幹にこめかみを押しあててみる。樹皮はひんやりと湿っていた。

「こりゃ、樹齢千年は行っとるな」

議論の輪からはずれ、巌さんが俺の隣に座った。「たぶん、ウロにもなっとらん。立派なもんや」

「見ただけで、なかが空洞かそうじゃないか、わかるんですか？」

「だいたいな。枝の張りようや葉の元気さでわかる」

へえ。俺は感心してうなずき、目を閉じて幹に身をもたせかけた。

風が山を吹き渡り、森のどこかで葉の降り積もる音がする。

「さっき、不思議なものを見ました」

と俺は言った。「この杉のてっぺんを、女のひとが二人、飛んでたんです。迷子になりそうだったんだけど、おかげで助かりました」

寝ぼけてるのかと笑われると思ったんだけど、巌さんは「そうか」と平然と言った。

「赤い着物と白い着物を着とらんかったか」

「着てました。なんか薄くてきれいな布の」

「オオヤマヅミさんの娘たちや」

巌さんは、俺の肩を叩いた。「よかったな、勇気。おまえ、山の神さんに好かれたんやな」

ええ？　と思ったけど、巌さんは大真面目だ。荘厳な森の空気にあてられたのか、「そういうこともあるのかもしれないなあ」なんて、俺もしまいには納得した。

「よっしゃ、そこまで言うなら」

ヨキが突然、斧を高々と掲げた。「男、飯田与喜。やったるわいな！」

「おおー！」

男衆が拍手する。

「なんなんですか、あれ」

俺はやや冷めた思いで、一団を眺めた。巌さんが「よっこいせ」と立ちあがる。

「杉を伐倒する方針が固まったんや」

「伐倒って、この杉を切っちゃうんですか！」

切ってしまうのだ、神去村の住人は。つまり、神去の神さまを祀る四十八年に一度の大祭とは、神去山の巨木を一本切り倒すことを言うらしい。

「ふだんの祭りでは、もっと若い木を切る」

と、清一さんが説明してくれた。「せいぜい樹齢百から二百年ほどのな。去年は柿の木だった」

若いといっても、百年単位だ。森の木を切りつくしちゃう日が来るんじゃないかと思ったけど、その心配はないらしい。

「かわりに、同じ種類の苗木を同じ場所に植える。たとえ放っておいたとしても、やがてなんらかの木が生える」

清一さんは愛おしげに、大きな杉の木を見上げた。「いつからかわからないぐらい昔から、神去山の森と伐倒の儀式はつづいているんだよ」

「樹齢千年の木を伐倒するなんて、いまは禁止されてるんじゃないんですか？」

「この村は特別に、四十八年に一本だけ伐倒することを許されている。重要な神事だからな」

「切った木は、どうするんです」

「知りたいか？」

清一さんは「ふっふっ」と笑った。「すぐにわかる」

あ、いやな予感。俺は神去の神さまに祈ったね。どうか無事に、無難に、山を下りられますようにって。

俺たち中村清一班が、中心になって伐倒にあたることになった。ヨキは激しく屈伸して、準備体操に余念がない。どういう方針で伐倒するかは、巌さんが教えてくれた。

「これを見いや」

神去山の図面を広げ、巌さんは尾根の一点を指す。「俺たちはいま、ここにおる。千年杉は、稜線から斜面をちょっと下ったところに、ほぼ垂直に立っとるやろ」

「はい」

「これを、稜線から下方十五度の角度で、梢を西に向けて伐倒する」

斜面に対してほとんど真横に木を切り倒すのは、とても難しい。しかも千年杉の西側には、樹高十五メートルほどの雑木が何本か生え、杉が倒れるべき地面をふさいでいる。

「遮蔽木《しゃへいぼく》があるのに、なんでわざわざ西に?」

「あそこに、修羅《しゅら》を作ってあるやろ」

巌さんが示したのは、杉の東側だ。山腹を斜めによぎるように、修羅が組まれている。立会の雲取仁助班が、半月ばかりかけて作ったものだそうだ。

修羅ってのは簡単に言うと、切った木を斜面に流す大きな樋《とい》だ。樫や杉の丸太で、筏《いかだ》みたいに組んである。筏は道のように延々と地面に連ねてあって、そのうえをすべらすことによって、伐倒した木を山から運び下ろす。

もしかして。俺は唾《つば》を飲みこんだ。

「千年杉を、修羅で流すんですか。丸ごと?」

「そうや」

巌さんは、なんでもないことのように笑った。「重さのある根もとのほうをさきにして、修羅のうえをすべり下ろす。そのために、まずは梢を西に向けて倒す必要があるんや」

「修羅は麓までつづいてるんですか」

「うんにゃ。さっき、大岩をまわりこんだやろ。あそこまで、斜面を突っ切っとるだけや。そのさきは、まっすぐな獣道があるでな」

ということは、大岩の下から麓まではほぼ直滑降で、山腹をじかに杉の巨木が運び下ろされるってわけだ。

いやだー! そんな大変な作業、絶対にやりたくないねぃな!

俺は内心で思わず、神去弁で絶叫したのだった。

いやだと言っても、祭りは進む。

杉の根もとに、清一さんが持参した酒を注いだ。一同、大木に向かって柏手を打つ。拝むくらいなら、切らなきゃいいのになあ。

居合わせた全員がヘルメットをかぶり、塵《ちり》や木片に備えてゴーグルもかけた。山伏の白装束にヘルメットって、なんだかすごく妙だ。だけどみんな、真剣な表情である。

ヨキが杉の周囲をめぐり、いろんな方向から角度をたしかめた。芝を読むゴルファーみたいだ。

やがて、「ここや!」と位置取りした。幹を柄で二回叩いてから、斧を構える。見守る男衆が歌いだす。

「ほいな、ほいな」

「オオヤマヅミさんなあ、見てくんせ。いただきもんの杉の木を、われら見事に切りまする」

「ほいなほいな」

カン! 乾いた音を立て、最初の一刀が幹に入った。樹皮が破れ、生々しい白さと新鮮な木のにおいが露わになる。

ヨキはまず、西側から幹に斧を入れ、「受け口」を作っていった。

伐倒の基本は、倒したい方向に受け口という切りこみを入れることだ。受け口の向きと角度が悪いと、思ったほうへ木が倒れなくなってしまう。とても大事な工程だ。「受け口は、幹から三角の積木をくりぬくイメージで作れ」と、村ではコツが伝授されている。

次に、受け口の反対側から、幹に対して直角に「追い口」を切っていく。受け口と追い口は、トンネルの出口と入口のようなものだ。木を切ることは、トンネルを両端から掘り進めるのと似ている。

だけどこのトンネルは、絶対に貫通させせちゃいけないんだ。幹の中心付近に必ず、「ツル」と呼ばれる切り残し部分をわざと生じさせる。ツルまで断ち切っちゃうと、木はとたんにバランスを失い、予期せぬ方向へドッと倒れてしまうからだ。

追い口を慎重に切り進めば、木はツルを支点に、受け口側へゆっくり倒れる。

これはあくまで、ふだんの山仕事の際のセオリーだ。今回の相手は、さすがのヨキも伐倒したことがないほどの大物。最も太いところで、幹まわりが九メートル半はあろうかという千年杉だ。

神業的斧さばきを見せ、大きな受け口を作り終えたヨキは、刃を研ぐために休憩を入れた。そのあいだ、班の全員でよってたかって、追い口を切るべくチェーンソーを作動させた。息を合わせ交替で、切れ目が水平になっているか確認しながら作業を進める。

チェーンソーの機械音が、ひずむギター音みたいに神去山に響く。鳥が驚いて梢から飛び立った。大量のおがくずが撒き散らされ、足もとに積もっていく。梢で葉が苦しげに揺れる。

「ヨキ、そろそろ倒れるぞ」

チェーンソーを止め、清一さんが言った。研ぎ終えた斧を手に、「よっしゃ」とヨキが再び千年杉のまえに立つ。

「ドングリの木（コナラのことだ）に当てて倒すで」

直接地面に叩きつけるように倒してしまうと、老木である千年杉の幹が、自重と衝撃で折れたり割れたりするかもしれない。それでヨキは、杉の西側に生えた雑木をクッションがわりにする、と宣言したんだ。もちろん、クッションにされるコナラにとっては災難だ。ダンプカーに激突されるリヤカーみたいなもんで、木っ端《こっぱ》微塵《みじん》になるだろう。

「安らかに眠れ、ドングリの木！　リスさん、食い物奪って、堪忍な！」

ヨキは、ドングリを食べるリスにまで謝ってから、斧を構えた。ヨキの全身を、青白い気迫の炎が覆ったみたいだった。男衆は斜面を稜線まで駆けあがり、伐倒の巻きぞえにならないよう避難した。

班のメンバーは、ヨキの技量を知りつくしている。ヨキが狙いさだめた方向に、木はぴたりと倒れるとわかっている。だから、清一さんと三郎じいさんと巌さんと俺は、ヨキの背後から動かなかった。

カーン、カン、カン。ヨキの斧が、追い口を切り進んでいく。とうとう、千年杉が西側へ傾きだした。梢が弧を描く。のしかかられたコナラの木が粉々に潰れる。時間の進みが、ひどくゆっくりと感じられた。

足もとから突きあげる激しい振動に、我に返った。鈍い地響きを起こし、千年杉は倒れ伏していた。露わになった切断面（木口《こぐち》って言う）の年輪は、一瞬の白さを森に振りまき、空気に触れてすぐに薄茶色に染まった。

どーん、どーん。衝撃音は神去村を取り囲む山々に反射し、幾重にも重なってずいぶん長くこだました。

「見事やな、ヨキ」

三郎じいさんは感に堪えない様子だった。「こないに無駄なくきれいな伐倒は、俺ぁ見たことない」

男衆が駆け寄ってきて、「ほいな、ほいな」と歌い踊る。ヨキは男衆にもみくちゃにされながら、俺たちに向かって誇らしげな笑顔を見せた。清一さんと巌さんがうなずき返す。

恥ずかしいんだけど、俺はなんだか視界が曇ってしょうがなかった。「すげえ！」って思いがこみあげて足が震えた。

もし、ヨキが町で生まれていたら、山仕事を知らずに育ったら、どうなっていたんだろう。もちろんヨキは、どこに生まれたとしても、楽しくたくましく生きていくと思う。でも、女遊びばっかりして、上司の目を盗んで要領よく仕事をさぼるタイプだったはずだ。

天才的な山仕事の能力と適性と勘を兼ね備えたヨキ。そんなヨキが神去村に生まれ、山を愛する性格だったことを、奇跡のようだと俺は思う。

神去の神さまは、ヨキを選んだ。木を切り、山を手入れすることをヨキに許した。山と森とそこに生きるすべての動植物の命運を、ヨキに託した。

ヨキは神去の神さまに愛されている。

そんなふうに感じられるほど、千年杉を伐倒してみせたヨキは、神々しい輝きを放っていたんだ。


昼を過ぎ、空腹も山を越えた。

深夜の二時から、ぶっとおしで動きまくってるのに、祭りの高揚感で体が麻痺したみたいだ。眠いとか疲れたとか、だれも言わなかった。

千年杉はヨキによって、修羅の延長線上にちゃんと倒されている。これなら、巨大な杉を最小限の労力で修羅に載せることができる。

男衆はまず、千年杉の枝を切り落とした。枝といったって、そこらへんの杉一本ぶんぐらいある。四十人が総出で、汗だくになって作業した。一時間ほどで済んだのは、さすが山仕事の猛者《もさ》ぞろいの神去村だ。

枝をすべて取り払われ、千年杉は丸太になった。皮は剝がずに運び下ろすそうだ。あんまり大きな丸太で、見ているとなんだか不思議な気分になってくる。縮尺のおかしな世界に迷いこんだみたいだ。

「運び下ろしても、使い道なんてあるのかな」

丸太に腰かけ、俺はつぶやいた。ちなみに、ムカデバシゴを立てかけないと、上ることもできないほど丸太はでかい。

いやがるノコを抱え、ヨキが丸太に上がってきた。

「使い道なら、たくさんあるねぃな」

俺のつぶやきを聞きつけ、勝手に会話をはじめる。「神去村の大祭で伐倒した大木は、縁起がええちゅうて、一部で引く手あまたなんや」

また適当なことを言ってるんじゃないかな。疑いの眼差しをヨキに送る。

「俺はこの村に来るまで、神去の名前も、大祭の噂も聞いたことなかったけど。一部って、どのへんのこと?」

ヨキは怯《おび》えるノコを膝に抱き、「失礼なやっちゃな」と言った。

「神事で切った大木とはありがたいって、丸太のまま、一本まるごと買い手がつくんやで。前回の大祭で伐倒したヒノキは、関西のとある組が買うたそうや」

「組……」

「ああいうひとたちは、験《げん》をかつぐんやろな。ちょうど親分の屋敷を改築するからちゅうて、気前よくポンと」

「この杉だったら、いくらぐらいになるんだろう」

「清一に聞けや。神去山も、名義のうえでは中村家のもんやからな」

親指と人差し指で輪を作り、ヨキはえげつなく笑った。「ま、ようさん儲《もう》かることはまちがいない。今回は北陸の某神社が、すでに名乗りを上げてるらしいで」

うーん、すごい世界があるもんだ。俺が住んでた横浜の家なんて、ベニヤみたいな板できた哀しき建売住宅だってのに。

清一さんが、斜面から声をかけてきた。

「ほら、そこ。さぼってないで動け」

「はい！」

「先生みてえなやつやな、まったく」

ノコを地面に下ろしてやったヨキは、ぼやきとは裏腹に猛然と働きだした。日が暮れるまえに、千年杉を山から運び下ろさなければならない。

木口から三メートルほどの幹に、ヨキは穴を二つ、ノミでくりぬいた。空いた穴に、二リットルのペットボトルほどの太さの樫の棒を刺す。杉の幹からV字型に、二本の棒が突きだす形になった。牛か竜の角《つの》のようだ。

「これがメドや」

ヨキが樫を握り、満足そうに言った。「メドを立てられるのは、山仕事するもんの誉《ほま》れや」

ただの棒に見えるけどなあ。そう思っていると、ヨキは小刀で器用に、棒の先端に窪《くぼ》みやら溝やらを彫りはじめた。ご丁寧に、二本ともだ。

装飾でもほどこすんだろうか。見ていた俺は、次第に顔が赤らんできた。

「ヨキ、もしかしてその形は」

「ポコ×ンや」

と、ヨキは胸を張った。「メドは、ポコ×ンの象徴やからな」

なんで、なんで、せっかく伐倒した千年杉にポコ×ンの形をした棒を突き刺すんだよ！　夏祭りでヨキがメドに選ばれたとき、みきさんが恥ずかしがってた理由がわかった。

俺は動揺のあまり、

「ポコ×ンなら一本で充分じゃん！」

と横浜弁で叫んでしまった。ヨキの答えは、

「そういえばそうやな」

だった。「ま、二本あったら二倍楽しめるのになあちゅう、昔のひとの願望なんやろ」

もう知らん。

ヨキが嬉々としてポコ×ンを作製するあいだに、三郎じいさんと巌さんは、木口の縁を削ぎ取ってなめらかにしていた。ほら、お寺の鐘を撞《つ》く棒って、先端が摩耗《まもう》して丸みを帯びてるだろ？　あんな感じだ。

「こうしておくと、修羅をすべり下ろすときも木が傷《いた》まないんや」

と、巌さんが教えてくれた。

「万が一、衝突しても、衝撃を和らげられるしな」

と、三郎じいさんが言った。

衝突？　またもやいやな予感だ。

メドには何本かの荒縄が結びつけられた。縄は幹のうえを這い、ところどころに打ちこんだ杭で固定された。千年杉が竜だとすると、メドは角、角からのびて背を這う荒縄は、竜の手綱《たづな》

といったところだ。

どうして手綱が必要なんだ？　命綱にしろとばかりに、荒縄が固定されてるのはなぜなんだ？

いやな予感はますます高まり、俺はなんだか動悸《どうき》がしてきた。

作業を眺めていた仁助さんが、千年杉の切り株に立って言った。

「そろそろやな。男衆よ、力合わせて引くねぃな！」

「ほいな！」

四十人の男衆が、手に手に背丈ほどの棒を持ち、千年杉の丸太に取りついた。テコの原理で、丸太を少し持ちあげる。できた隙間に、細い丸太をすかさず差しこむ。「細い」と言っても、千年杉に比べれば、ってことだけどね。

ロープをかけて、全員で千年杉を引き、丸太のうえを進ませた。エジプトのピラミッドとかも、敷き並べた丸太を使って大きな石を運んだっていうけど、あれと同じ仕組みだ。

修羅のうえに、千年杉が無事に載った。いまにも斜面をすべり落ちそうな、ぎりぎりのバランスだ。かたわらのケヤキの幹と、千年杉に刺したメドとのあいだに、荒縄が張りわたされる。巨大なすべり台に挑みたがる、巨大な杉。でも、縄でなんとか食い止めている。そんな感じだ。

「よーし、乗れ！」

ヨキが号令をかけた。ヨキ自身は、丸太の先頭部分に立ち、メドをしっかりつかんでいる。いやな図だな。でもまあ、メドがポコ×ンだと知らなければ、竜の角をつかんで、その背中に勇ましく乗っているようでもあった。

しかし、「乗れ」ってどういう意味だ。男衆は我先にと千年杉の丸太に上り、竜の背を這う荒縄を握った。振り落とされるまい、という決意がにじむ表情だ。

まさか……。俺は青ざめていたと思う。まさか、斜面をすべり下りる丸太に乗るのか？　俺たちを乗せたまま、千年杉は山腹を疾走するってことか？

無理！　絶対無理！

いくら巨大だといっても、当然だけど丸太は丸くて安定悪いし、山には木やら岩やら、障害物がいっぱいある。舵《かじ》も取れない丸太に乗って、なにごともなく麓まで下りきれるわけがない。

「どうしたんだ、早く上がってこい」

「ぼやぼやしとると、日が暮れるねぃな」

「俺がメドなおかげで、同じ班のおまえも、メドをつかむことができるんやで」

「成田山《なりたさん》で力士が撒いた豆を口でキャッチするより、ずっと縁起がよくてありがたいこっちゃぞ」

班のメンバーが口々に俺を呼ぶ。もちろん四人とも、丸太の先頭部分に陣取り、メドをしっかりと握っている。

俺のせいで祭りの進行を遅らせることはできない。渋々と丸太に上り、清一さんとヨキと一緒に、V字の左側にあたるメドをつかんだ。右のメドは、三郎じいさんと巌さんがつかんでいる。

「この祭りで死んだひと、絶対にいますよね」

俺は絶望的な気分で尋ねた。

「古文書を見ると、いままでに八人死んどるな」

三郎じいさんが、なんでもないことのように答えた。記録に残ってるだけで八人。もうだめだ。俺が九人目だ。運の悪さには自信がある。だいたい、わけもわからんうちに、山奥のこんな村に送りこまれちゃったことだけで、十二分に運が悪いって言えるだろ。

恨みます。

とんでもない就職先を見つけてきた熊やん、能天気に俺を見送った母ちゃん、三万円しか餞別をくれなかった親父。恨みます！

「大丈夫だ」

と清一さんが言った。「見習いとはいえ、きみも中村林業に登録されているから、労災は下りる」

そういう問題じゃないんだけどなあ。

「震えとんのか。肝のちっちゃいやっちゃなあ」

ヨキは豪快に笑った。そりゃ、あんたは怖くないだろうよ。「繊細さ」にまつわる神経が全部ぶち切れてるもんな。俺はこっそり毒づき、班のなかでは一番常識的だと思える巌さんに救いを求めた。

「巌さんだって怖いですよね？」

「ちょっとも」

巌さんは晴れやかな顔つきだ。「俺は神隠しに遭《お》うた男や。神去の神さんに気に入られた身や。そんな俺を、神さんが祭りで死なせるわけがないねぃな」

なんなの、その神がかった確信は。

「さあ、ご一同」

清一さんが厳かに言った。「覚悟のほどはよろしいか?」

男衆は一斉に答えた。

「できてござる!」

俺はまだ、覚悟できてないってば!

「よっしゃ、行くで!」

ヨキが斧で、ケヤキに結びつけてあった縄を断ち切った。ノコが吠えながら走ってきて、切り株を踏み台に俺の足もとへ飛び乗った。ジェットコースターが頂点に達したときみたいに、千年杉が修羅のうえで、斜面に向かってゆっくり傾く。刃にカバーをかぶせたチェーンソーは、各人がバンドを襷掛《たすきが》けにして背負っていたんだけど、一瞬だけふわりと背中から浮いた感触があった。

こえぇー!

と思ったと同時に、千年杉は斜面をすべり下りはじめた。

「ほいなー!」

幹に張られた荒縄を握り、男衆が雄叫びを上げた。つかんだメドが軋む。斜面をすべる杉の巨木の下で、負荷に耐えかね、修羅を構成する細い丸太の何本かがへし折れたようだ。パン、パンと、乾いた幹が破裂音を立てた。木っ端がゴーグルとヘルメットを打つ。進路に張りだした枝が頰を叩く。

「いていていて」

「アホ、舌嚙むで！」

ヨキに鋭く叱られた。たしかに、しゃべることもままならない。千年杉は加速度を増して疾走しだした。

気分はもう、古い機関車の乗客だ。枕木が割れ、車輪が載る端から線路がくずおれていくのに、暴走列車はひるむことを知らない。石炭をくべまくる無謀な機関士は、もちろんヨキだ。

「行けー！」

メドをつかみ、笑いながら体を前後に揺すっている。ジェットコースターも目じゃないスリルだってのに、ありえん。もっとありえないのは清一さんで、いつもと変わらない表情だ。背中を丸めることもせず、走る丸太の先端に平然と立っている。

やっぱり人類じゃないよ、このひとたち。

三郎じいさんは、「ふゅーふゅー」と細く息を吐き、メドにしがみついていた。こわがってるのか興奮してるのか、いまいちよくわからない。巌さんは、なにやらブツブツ言っている。よーく聞くと、「神さん助けて、神さんご加護を」と唱えてるようだ。

だから、神頼みするぐらいなら、こんな命がけの祭りをすんのはやめてくれっつうの！

荒縄をつかむ背後の男衆は、

「ひー、揺れる！」「こりゃあかん！」「おかあちゃーん！」

と口々に悲鳴を上げた。でも、どこか笑いと高揚を含んでいるようだった。スリルも行き過ぎると、たががゆるんで、いろんな感情がブレンドされるらしい。

ま、これはいまだから分析できることであって、千年杉に乗って斜面を下りてるときの俺は、ものなんかろくに考えられなかった。ちびりそうになりながら、冷や汗をかいてぬめる手で、必死にメドをつかむだけで精一杯だった。

地面を覆う落ち葉が粉となって舞いあがる。森に棲む鳥はパニック状態だ。鳴き交わしながら空へ逃げるのが、ヒビみたいに細い落葉樹の枝越しに見えた。

目に映る風景は、瞬く間にうしろへ去っていく。千年杉は形こそ竜に似てるけど、疾走ぶりは巨大な猪そのものだ。せっかくの森の美も、千年杉の速度と激しい突進のせいで、滅茶苦茶な色と形の流れにしか見えない。バケツに入った緑や茶色や赤の絵の具を、横殴りに思いきり壁に叩きつけたみたいな視界だ。

斜面の角度が増し、いっそうの加速がついた。袖が風をはらみ、風船みたいに膨らむ。

キャイン！　とノコが悲しげに鳴いた。ノコは俺の足もとで、杉の皮に爪を立て、めいっぱい踏ん張っていたのだが、ついに力尽きたらしい。わずかな横揺れをきっかけに宙に浮いた。

視界の端を、ノコのふさふさした尻尾がゆっくりよぎる。

「ノコ!」

俺は咄嗟に左手をのばし、後方へ吹っ飛んでいくノコの腰のあたりを抱えた。身をよじる形になり、片手だけでは到底体重を支えられない。右手がすべり、メドから浮いた。

死ぬー!

すべての光景が、スローモーションでくっきり見えた。

二列になって荒縄をつかむ男衆が目を丸くし、ノコごとダイブしかけている俺を見上げた。山根のおっちゃんの口が、「あかん」と動いた。ノコの尻尾が縮まり、股のあいだに挟みこまれた。俺の左手に力がこもり、ノコの毛皮に深く埋まった。

絶対に離さない。離したらノコは死ぬ。離すもんか。

走りつづける千年杉のうしろで、二人の女が舞っていた。顔はよく見えない。それぞれ、赤い着物と白い着物を身につけていることだけはわかった。

オオヤマヅミさんの娘たち。

俺を迎えにきたんだろうか。俺はこのまま、ノコごと地面に叩きつけられて死ぬんだろうか。不思議に穏やかな気持ちでそう考えた。

二人の女は優雅に腕を上げ、俺の背後を指し示した。

え? と思ったのと、「勇気!」とヨキに呼びかけられたのが同時だった。

ノコを抱えたまま、ちょっと振り返る。ヨキが左手でメドをつかみ、右手で斧の柄を差しのべていた。不安定になったヨキの体を、清一さんが片腕をまわして支えながら、めずらしく切羽詰まった顔で俺を見ている。

「つかまるねぃな！」

ヨキが叫ぶ。俺はつかんだ。右腕をのばし、蜘蛛《くも》の糸とばかりに、使いこまれてなめらかな斧の柄にすがりついた。

力強くメドのほうへ、ヨキや清一さんたちが立つほうへ、死から生へ、引き寄せられる。

「ファイトォオォ！」

こめかみに筋を立て、ヨキが吼える。ふざけてる場合か、と思ったけど、俺も右腕に渾身《こんしん》の力をこめて吼えかえした。

「いっぱぁあつ！」

つんのめる勢いで、俺は再びヨキと清一さんのあいだに収まった。急いでメドをつかむ。

すごく長く感じられたけれど、実際はたぶん、瞬間の出来事だっただろう。

背後で男衆が、「おおー」と安堵と喜びの声を上げた。

助かった、と思ったとたん、全身から汗が滴《したた》り落ちた。顔に浮いた汗が風に乗って、うしろに飛んでいくのがわかった。おっちゃんたち、ごめん。塩からい雨を降らせちゃって。

「アホゥ！」

肩で呼吸し、ヨキが怒鳴った。「おまえ、死ぬとこやったで！」

でも、ノコを見殺しにはできなかった。無茶をやらかしたことを反省したけど、後悔はない。

ノコは俺の腕のなかで、情けなく耳をへたらせている。「堪忍な」と言いたそうに、震えながら俺を見上げている。よかった。俺もノコも生きてる。あったかい。

ん……？　まじで、腹のあたりがあったかいぞ？

「あー！」

俺はノコを小脇に抱え、自分の腹を見下ろした。「ノコ、漏らしたな！」

白装束に、黄色い染みができている。

「ははぁん」

とヨキが言う。「うれション（うれしくて思わずちびる小便）やな、ノコ」

ちがうと思う。こわくて漏らしちゃったんだと思う。

「なにはともあれ、無事でよかった」

清一さんが、俺の背中を軽く叩いた。俺はそっと振り返ってみた。どんどん過ぎ去る木の間のどこにも、二人の女の姿は見えなかった。

幻影だったのかもしれないけど、俺は心でお礼を言った。

「助けてくれて、ありがとな」

俺の心を読んだみたいなタイミングで、ヨキが言った。驚いてヨキに視線を移す。ヨキが礼を言った相手はもちろん、オオヤマヅミさんの娘たちではなく、俺だった。照れくさそうに、ノコの頭を撫でている。

俺はやっと、呼吸と心拍数がもとに戻り、ノコを足もとに下ろした。といっても、あいかわらず疾走する千年杉に乗ってるから、ふだんよりも心臓がバクバクしてるのに変わりはないいんだけど。今度は吹っ飛ばされることのないよう、ノコの胴を両脚でしっかり挟みこんでやる。

「一難去って、また一難や」

と三郎じいさんが言った。

「一同、衝撃に備えるねぃな！」

と巌さんが大声で注意をうながした。

大岩が眼前に迫りつつあった。

修羅は大岩の手前で終わる。山の麓へつづく道、俺たちが今朝登ってきた獣道に千年杉を載せるには、いまの進行方向に対して、直角に右へ曲がる必要がある。

「どうやって方向転換するんですか」

尋ねてもだれも答えない。真剣な表情で、メドをつかんで身構えている。男衆もさっきまではたまに、「ほいなほいな」と、自分と周囲を励ますようにかけ声を発していたのに、いまは静まりかえっている。耳もとでごうごうと、風の音だけが鳴っている。

緊張が稲妻みたいに、千年杉の幹を貫いた。

もしかして。俺は唾を飲む。もしかして、このまま大岩に突っこむ気なのか？

「無理ー！　絶対死ぬ！　降ろしてくれー！」

俺は絶叫した。

「来るぞ！」

「しっかりつかまっとれ！」

清一さんとヨキが鋭く警告を発し、全員が反射的に背中を丸め、首を縮めた。俺の脚に胴体を絞めあげられたノコが、「きゃん」と苦しげに鳴いたが、かまってはいられない。内臓がぶれるほど、重い衝撃が突きあげた。千年杉は、幹の左半分を乗りあげる形で大岩に激突し、弾《はじ》かれた。前脚を上げた暴れ馬みたいに、ほぼ垂直に大きく跳ねあがる。

「ひゃー!」

重力に引っぱられ、足がすべる。ほとんど両腕だけで全体重(およびノコ)を支え、メドにぶらさがった。

次の瞬間、千年杉はまわりの木をなぎ倒しながら、ゆっくり右へ傾きだした。大岩にぶち当たったおかげで、方向が変わったんだ。それはいいけど、なんて乱暴な。もうちょっとほかに、舵を取る方法はないのかよ。

弧を描き、獣道へと身をよじらせる巨大な杉。遠心力がかかった。振りほどかれないように足を踏ん張り、メドに抱きつく。

千年杉は地響きを立て、獣道に接地した。

うがが。舌を噛みそうになって、顎に力をこめる。なぜか鼻水が噴きだし、意思とは関係なく流れた涙と汗でゴーグルが濡れた。

ここで勢いあまって千年杉が横転したり、幹が砕けたりしたら、乗ってる全員がおだぶつだ。

頼む、このままうまく獣道をすべり下りてくれ!

二、三度、波打つようにバウンドする千年杉のうえで、身をかがめた姿勢のまま祈った。そんな俺の頭上を、なにかがかすめて飛んでいく。

えっ⁉　状況も忘れて顔を上げ、正体不明の動くものを目で追った。

山根のおっちゃんだった。衝撃で荒縄から手をすべらせたらしい。山根のおっちゃんが俺の頭を越えて吹っ飛び、宙を舞っているところだった。

「ええーっ！」

俺は思わず腰を浮かしたけど、飛び下りて助けにいくことはできない。千年杉は獣道にはまりこむようにしっかり着地し、いまや麓めがけて一直線に斜面を走りだしている。

「山根はん！」

「無事かー！」

背後で男衆が叫ぶ。安定を取り戻した幹のうえで、だれもが振り返り、飛び去った山根のおっちゃんのほうを見た。

山根のおっちゃんは空に向かってゆるやかな軌跡を描き、獣道のかたわらに立つ杉の、緑の梢に背中から突っこんだ。

揺れる枝と、そこに引っかかったであろう山根のおっちゃんを残し、千年杉は怒濤《どとう》の前進をつづける。

「ど、どうすんの！」

俺はメドに向き直り、両隣に立つヨキと清一さんに怒鳴った。「山根のおっちゃん、死んだんじゃ……！」

「うーん」

清一さんが眉間に皺《しわ》を寄せる。「どうにかしたいが、どうしようもない」

たしかに、こっちも疾走中で手が放せない。千年杉を止める方法がないから、山根のおっちゃんを探しにいくわけにもいかないけど、それにしても無情だ。

俺が食ってかかろうとすると、

「なあなあや」

とヨキがのんびり言った。「あの調子なら、たぶん死んどらん。枝がうまくクッションになったやろ」

本当かよ。でも、いまはそう願うしかない。獣道に入って、斜面をすべる千年杉のスピードはいよいよ増していた。

「山根ー！」「死ぬなー！」「死ぬるー！」「いやじゃー！」。背後で声を上げる男衆も、梢に消えた山根のおっちゃんを心配してるんだか、未だ千年杉に乗りつづけねばならない我が身を嘆いてるんだか、もはやよくわからないことになっている。

前方がほのかに明るい。木立の密度が少しまばらになってきた。笛と太鼓の音がかすかに聞こえだし、やがてどんどん大きくなった。男衆が応えるように、「ほいな、ほいな」とかけ声を再開させた。

神去山の麓《ふもと》が近いんだ。

いや、ちょっと待てよ？　麓に着くのはいいけど、どうやって千年杉の疾走を止めるつもりだ。神去山の登山口にはちっちゃな石の祠があって、ちょっとした広場があって、それだけだ。そのさきはすぐ、地を穿《うが》って流れる神去川の谷間。

どうすんだよ！　広場で止まらなかったら、神去川へまっさかさまじゃん！

全身に鳥肌が立った。

「ほいな、ほいな」

男衆のかけ声に、広場に集まっているらしい女たちが唱和する。いきりたつ千年杉をなだめ、招き寄せるように軽やかに。

「ほいな、ほいな」

緑の幕を突き抜けるみたいに、ついに千年杉は斜面をすべり終え、獣道から広場へ飛びだした。石の祠がへしゃげ、こすれた木の皮が散る。

竜が高く首をもたげ、俺はさえぎるもののなくなった日射しに目を細めた。まぶしい。冬の光に、ここまで威力があるとは思っていなかった。いま通ってきた森が、どれだけ深く薄暗かったかが、ようやく感じられた。

千年杉は平坦な広場に出ても、まだ進むのをやめない。弾かれた砂利が雨粒みたいに降り注ぐ。

神去山に入らなかった村人はほとんど全員、千年杉の到着を待ち受け、広場にいるようだった。大半が女のひとだ。みきさん、ゴザにちんまり座った繁ばあちゃん、祐子さん、直紀さん。

あとは、山仕事から引退したおじいさんたち。男衆を乗せて山から姿を現した巨木に歓声を上げ、ついで千年杉の突進から身を守るべく、笑いながら逃げだした。

広場からパッとひとが散る。走って逃げることのできない繁ばあちゃんに、みきさんが覆いかぶさる。祐子さんと直紀さんはその横に立ち、メドをつかむ俺たちを見上げている。祈るような面もちだ。

これらの光景が目に映ったのも、いま考えたら瞬間のことだ。

「とーまーれえぇぇぇ！」

走りやめようとしない千年杉に、俺は叫んだ。ヨキも、清一さんも、三郎じいさんも巌さんも、男衆も、それぞれに叫んでいたと思う。

見えないブレーキに願いが届いたんだろうか。千年杉は、広場から神去川の崖へ四分の一ほどはみでたところで、とうとう動きを止めた。

一瞬の静寂を破り、

「ほいなー！」

千年杉に乗った全員が雄叫びを上げた。俺ももちろん、ゴーグルを首もとに下ろし、両の拳を突きあげて、言葉にならない大声を放った。いくつものヘルメットが、空に向かって投げあげられた。

広場にいた村人が、手を叩き、喜びに跳ねながら千年杉のまわりに集まってくる。ノコがよろめきながら俺の足もとから這いでて、みきさんの胸もとへ飛びこんだ。下ろしたムカデバシゴを伝い、あるいは待ちきれずに丸太の側面をすべり、男衆が地面に降り立って健闘をたたえあう。

俺はヨキとハイタッチを交わし、巌さんと握手した。三郎じいさんが、「やれやれ」と肩をまわしている。清一さんはヘルメットを取り、神去山に深く一礼した。

四十八年に一度だけ行われる大祭。巨木を下ろす儀式は、こうして無事に終わったのだった。

あ、山根のおっちゃんはどうなったのか、って？　生きてたんだよ、これが。しかも、日もとっぷり暮れたころに、自力で下山してきたんだよ！

ヨキの言ったとおり、杉の枝がクッションになったみたいで、ちょっと打ち身をこしらえた程度の怪我だった。神去村の住人の生命力は、ほんっと計り知れない。

俺たちは山根のおっちゃんの生還を喜び、広場に横たわる千年杉のそばで酒盛りをした。まあ、山根のおっちゃんが山を下りてくるまえから、宴《うたげ》ははじまっていたんだけどね。酒が入っちゃって、実のところ山根のおっちゃんの行方については、みんなほとんど忘れてたほどだ。もし山中で身動き取れなくなっていたら、どうするつもりだったんだろ。

いや、どうするもこうするもない。ここは神去村だ。きっと、山根のおっちゃんが神去山で野垂れ死んでも、「なあなあ」「なっともしゃあない」で済ませてしまったにちがいない。村人はたまに、ワイルドが行き過ぎて冷たいもんなあ。「山で危険にさらされるのは当然のこと」

と、覚悟を決めてるっていうか。

当の山根のおっちゃんも、ヒーヒー言いながら広場にたどりついたとたん、冷や酒を三杯もあおって、「えらい目に遭《お》うた」と笑った。「ほんになあ」「まあ、無事でよかったなあ」と、みんなは口々にねぎらい、それで終わりだった。

あとは夜を徹して宴がつづいた。

白い月が山の端《は》にかかり、苔むした千年杉の樹皮をやわらかく照らす。焚き火にあたりながら重箱の煮物をつついたり、だれかが吹きはじめた笛の音にあわせて踊ったり。吊した提灯のもと、どの顔も吐く息の白さをものともせず、にこやかだ。

山太は祐子さんの膝を枕に、ジャンパーをかけて横になっている。夜も深まり、さすがに限界が来たらしい。暖をわけあうように山太にくっつき、ノコも丸まって目を閉じていた。

限界を迎える気配が一向にないのが、村の女のひとたちだ。

俺たちが神去山に登り、千年杉を伐倒し、斜面を命がけですべり下りているあいだ、重箱に料理を詰め、手に手に酒瓶を持って広場に集結した女衆は、提灯や焚き火の準備をし、笛や太鼓を鳴らして酒盛りしながら、巨木の到着を待っていたのだそうだ。つまり、昼からずーっと広場で飲んでたのだ。にもかかわらず、真夜中を過ぎても酔っぱらったふうでもなく、笑いさんざめいて飲みつづけている。

広場には点々と空き瓶が転がっている。瓶どころか樽まである。尋常じゃない酒量だ。この村の住人って、やっぱり妖怪かなんかなんじゃ……？

またも疑念がこみあげた俺を、ヨキが呼んだ。振り向くと、広場の隅に敷かれたゴザで、清一さんを除く班のメンバーが車座になっている。繁ばあちゃん、みきさん、直紀さんもいる。お酒で頬を少し火照らせたみきさんが、

「はよ、おいで」

と手招く。直紀さんも、いやそうな顔はしなかった。

あー、妖怪だったとしても、全然かまわないや。だってきれいだもんな。繁ばあちゃんは見た目からして、しなびた饅頭の妖怪そのものだけど。俺はにやにやしそうな顔を一生懸命引き締め、ゴザで飲み交わす面々に加わった。

「はじめての祭りやっちゅうのに、ようやったなあ勇気」

巌さんが、俺の持つ紙コップにドボドボとほうじ茶を注いでくれた。オレンジジュースが入ってるんですけど、と言う間もない。巌さんは、すでに相当酔っているようだ。

「待ってるのも、楽しいもんやったで」

みきさんが笑う。「あんたたちの乗った千年杉が、斜面をすべるやろ。そうすると動きにつれて、鳥がパーッと飛び立つんや。森のどこにおるのか、麓から見ててすぐにわかった」

「杉が広場に着いたときは、思わず拝んだな」

繁ばあちゃんは手を合わせてみせた。「だれもかれも、たいした怪我ものうて、ほんによかった」

「拝んだのはたぶん、繁ばあちゃんだけやないで」

三郎じいさんが、妙に声を張って言う。「メドをつかんで立つ勇気の姿を見たおなごは、みぃんな惚れたはずや」

言いながら、直紀さんをちらちらうかがっている。あ、そういうことか。仲を取り持ってくれようとしてるのはありがたいけど、ちょっと見え見えじゃないか？

尻の座りが悪い気持ちで、さりげなく広場を見わたす。清一さんの姿はない。

「おやかたさんなら、祐子さんと山太を屋敷に送ってったで」

と、みきさんが耳打ちした。

「この隙を逃すねぃな、勇気」

と、繁ばあちゃんも言った。小声のつもりなんだろうけど、耳が遠いから音量が絞りきれてない。

うーん。俺は困ってしまった。お膳立てしてもらったところで、肝心の直紀さんがなあ。ゴザに座った面々の思惑には気づいてるだろうに、顔色ひとつ変えず、ついでに俺を見るでもなく、平然とコップを傾けている。

どうにも脈がなさそうなんだけど。

なにも言えず、オレンジジュースとほうじ茶のブレンドを飲む。激烈にまずい。

「しゃあないなあ」

ヨキがいらいらと、あぐらをかいた膝を揺すった。「勇気。メドの権利を、おまえに譲ったる」

おおー。三郎じいさんと巌さんが、驚きの声を上げた。繁ばあちゃんが「ふぇっ、ふぇっ」と笑い、みきさんがなにか言いたげにヨキを見た。話が読めないのは、村に来て日が浅い俺と直紀さんだ。しかし、いやな予感はする。

「あのさ」

と、俺はおずおず尋ねた。「メドの権利って、いったいどんなもの」

「大祭で無事に木を山から下ろしたメド役の男はなあ」

ヨキは胸を張って堂々と言いきった。「好いたおなごに、まぐわいを申しこめるんや！」

ま、まぐわい。酒を飲んだわけでもないのにめまいがし、俺はゴザに手をついた。いくらなんでも、一足飛びに飛びすぎだ。

「あんた、だれに対してメドの権利を使う気やったん」

みきさんが、真剣な表情でヨキを問いつめる。

「アホゥ、おまえに決まっとるねぃな」

ヨキはみきさんの肩を抱いた。「だから、権利は勇気に譲っちゃるて言うとんのや。いまさら申しこむまでもなく、俺らはいつも……」

「やめるねぃな、ヨキ。恥ずかしい」

「照れるねぃな、照れるねぃな」

すぐに茂みに入っていっちゃいそうなほど、ヨキとみきさんはいちゃいちゃしだした。バカップル！

とんでもない権利を譲られ赤面する俺を、三郎じいさんが小突いた。

「ほれ行け、勇気」

そう言われたって。俺は上目遣いに直紀さんを見た。直紀さんも頬を赤くしていた。俺と目が合うと、すぐに顔をそむけてしまう。提灯の明かりに包まれたその横顔は、闇に白く浮かんで、これまで俺の夢に現れたどの直紀さんよりもうつくしかった。

「直紀さん」

「いやや」

「まだなにも言ってないすよ」

「聞かんでもわかるねぃな」

くそー。告白ぐらいさせてくれよな。俺はかまわず言葉をつづけた。

「直紀さんが好きです、とりあえずデートしてください！」

「デートって、どこで？」

直紀さんが小さな声で言った。たしかに、どこでだ？　神去村にデートスポットなんかない。

「や、山で？」

と俺は言った。それってデートじゃなく、ピクニックだよなあ、と思いながら。

でも、直紀さんはかすかにうなずいてくれたんだ。

「ま、デートぐらいなら、ええよ」

固唾《かたず》を飲んでなりゆきを見守っていた三郎じいさんと巌さんが、

か。


「よっしゃあ！」

と拍手した。

「山に持っていくお弁当、作ってあげる」

と、みきさん。みきさんのお弁当っていつも、色気もなにもない特大おにぎりじゃないですか。

「これで子どもができれば、村の過疎化に少し歯止めがかかるでな」

繁ばあちゃん、気が早すぎるよ。

「なまぬるいのう」

ヨキがぼやいた。「せっかく譲ったメドの権利、どうするんや」

「大事に取っておく」

と俺は言った。いつか、直紀さんが俺を好きになってくれたときのために。

「取っといても、使うあてもなく腐るだけで、無駄だと思うで」

と、直紀さんはそっけなく言った。

このつれなさが、たまらないんだよなあ。そんなふうに思ってしまう俺は、もしかしてマゾなんだろうか。

いやいや、そうじゃない。粘り強さが身についたんだ。

長い長い年月をかけて木を育てる林業は、どんな風雪が襲ってきても悠然とかまえていられる性格じゃないと、とても勤まらないのである。

俺は晴れ晴れした気持ちで、夜空を見上げた。

あれほど祭りの熱気に燃え立った神去山は、早くもふだんの静けさを取り戻し、稜線に星をちりばめながら、村と村人を守るようにたたずんでいた。

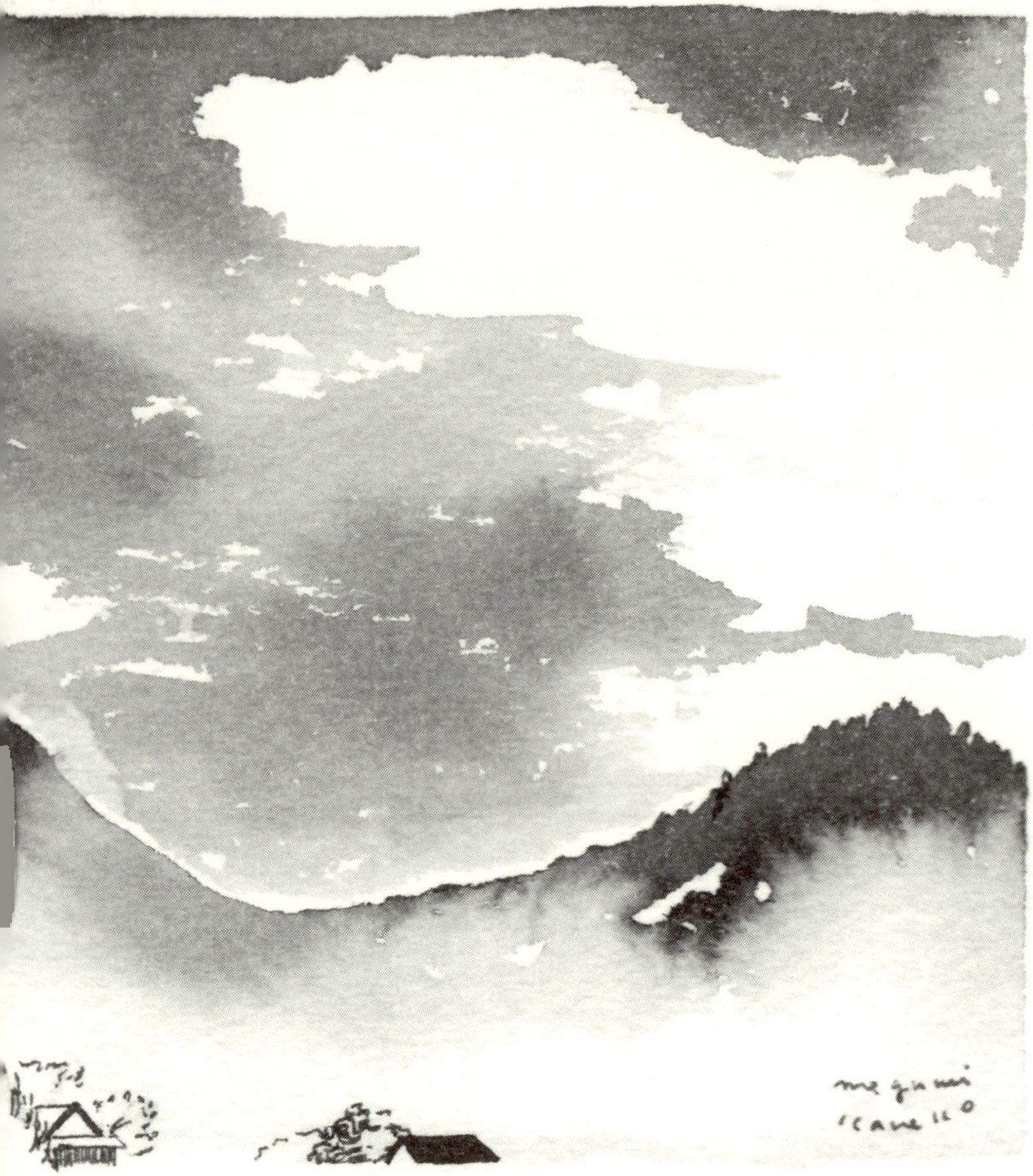

終章 ❖ 神去なあなあ日常

さて、長々と書いてきたけど、神去村の一年間の記録もそろそろ終わりだ。

みんな、読んでくれてありがとー！　って、このパソコンの中身はだれにも見せてないっつうの。俺の秘密の記録だっつうの。でもま、だれかが読んでるかもしれない、と思って書くと、文章ってけっこう生まれてくるもんだな。

待てよ？　ヨキが盗み読んだりしてないだろうな。いやだぞ、俺の恥ずかしい内心のあれこれを、あいつに知られるのは。

……居間に行って、ちょっと様子をうかがってきた。ヨキは繁《しげ》ばあちゃんと、せんべいをかじりながらテレビ見てた。俺が最近、執筆にいそしんでることには、気づいてなさそうだ。だいたいヨキは、パソコンを扱えないしな。よし。

と、キーボードを叩くついでに改めて自分の手を見てみたんだけど、掌の皮がすっごく分厚くなってる。山でチェーンソーを振りまわしても、このごろはびくともしない。マメが潰れて痛かったのに、いまや別人の手みたいだ。体が変わるほど、なにかに打ちこんだのははじめてだ。高校のころに、たとえばペンだこができるほど勉強してたら、神去村に送りこまれることはなかったかもしれない。

でも、全然後悔はしていない。神去村に住めて、よかったんじゃないかなと思っている。

雪が積もるまえに、直紀《なおき》さんと何度か山でデートした。ていうか、ピクニックをした。ジャンパーを着て、手袋をして（俺は軍手だけど）、斜面を歩く。冬を迎えて固く締まった木の皮を、それでもモリモリ食べてる鹿を見た。落ち葉が敷き積もった地面はやわらかい。見通しの利くようになった木の枝で、名前を知らない小鳥が、寒さをしのぐために羽を膨らませていた。

俺たちは大きな樫《かし》の木の下で、みきさんが持たせてくれた大きなおにぎりを食べた。冷たい沢の水も飲んだ。空は水色に晴れていて、神去村は薄く白い冬の光に包まれていた。

たいして会話もなかったが、俺はそのとき、楽しいなあと思った。隣に座った直紀さんも、たぶん同じように感じてくれていたと思う。「近寄るな、話しかけるな」オーラが、だんだん弱くなっていったから。

つきあってはないけど、同じ村の知人というには、二人きりで会う時間は多い。かといって、仲のいい友だちでもない。なんかこう、ヒジョーにビミョーな関係である。

これが都会だったら、人間がたくさんいるから、「まどろっこしいことはやめて、さっさと次の女へ行こうかな」と思うところのような気もする。でも神去村では、繁ばあちゃんいわく、

「ええとこまで持ちこんだな。あと一歩や」

ということだ。「競争相手はおらんのや、じっくり攻めるねぃな。若い男女が一緒におれば、おのずとええ仲になる」

そんなに簡単じゃないと思うけど、村に競争相手がいないというのは事実だ。直紀さんが、

未だに清一《せいいち》さんを目で追っていることは知ってる。しばらくはいまのままで、あせらず待とうかなと思う。

でも、手をこまねいているわけではない。俺のよさを地道にアピールする作戦を実行中だ。(山仕事が)デキる男になるべく、毎日身を入れて働いている。雪が積もるまでは、枝打ちをしたり、乾燥させた材木の運搬を手伝ったり。雪が積もってからは、雪起こしをしたり、畑で育てている杉の苗の根もとを藁《わら》で覆ったり。することはいろいろある。

季節の移り変わりに応じて、同じような作業を繰り返してるかのように見えるけど、本当はそうじゃないんだってことが、一年経ってやっと少しわかった。

山は毎日、ちがう顔を見せる。木は一瞬ごとに、成長したり衰えたりする。些細《ささい》な変化かもしれないが、その些細な部分を見逃したら、絶対にいい木は育てられないし、山を万全の状態に保つこともできない。

ヨキ、清一さん、三郎じいさん、巌《いわお》さんの働きぶりを見て、俺はそれを知った。

山で小さな変化を見つけるのは、とても楽しい。直紀さんが俺に笑いかけてくれる回数が、ちょっとずつ増えてるなあと、気づいたときと同じぐらいに。

今日は二月七日だ。

神去村では、山に入ってはいけないことになっている日だ。昔から、この日に山で大怪我をするひとが多かったんだそうだ。それで、二月七日は山仕事を全面的に休むようになった。

かわりに、夕方から清一さんの家で呼ばれが開かれる。呼ばれってのは、早い話が宴会だ。村のひとたちが、おやかたさんである清一さんの家にお呼ばれして、夕飯と酒をごちそうになる。

俺も午前中は、清一さんの家に手伝いにいった。台所では村の女のひとたちが総出で、煮物やら揚げ物やらちらし寿司やらを作ってた。

直紀さんもいたから、俺は台所の隅でレンコンを切りながら話すチャンスをうかがうことにしたんだけど……。みきさんに、すぐ追い払われてしまった。

「もー、邪魔せんといて。女同士の話がいろいろあるんやから、あんたは帰るねぃな」

近所のおばちゃんたちに、くすくす笑われた。みんなが俺の恋心を知ってるんだから、始末に悪い。

台所から弾きだされたのは俺だけじゃない。清一さんも、居間で山太《さんた》と一緒にテレビを見ていた。

「この村を仕切っているのは、女性だからな。呼ばれの刻限まで、おとなしくしているほかない」

清一さんは退屈そうに言った。山仕事がないと、おやかたさんもてんで形無しだ。

そんなわけで、俺は昼間っからパソコンに向かってこの文章を書き、ヨキは繁ばあちゃんとテレビを見てるのだ。たぶんいま、神去村にあるテレビはすべてついていると思う。視聴者はもちろん、行き場のない男衆だ。

あーあ。早く呼ばれの時間にならないかな。そしたら、うまい飯も食えるし、直紀さんにも会えるのに。

そうだ、正月のことを書こう。

山仕事は一月二日からはじまるから、横浜の家に帰省するのはやめておいた。親と過ごさない正月ってはじめてで、ちょっとさびしい気持ちになるかなと思ったんだけど、そんなことは全然なかった。親のほうがさびしがるかなとも思ったんだけど、そんなことも全然なかった。うちの親、正月に夫婦でハワイに行きやがった。どこの芸能人だよ。

正月明けに荷物が届いた。マカダミアナッツのチョコだった。なんで。ほかにも土産物があるだろ、ハワイには。手紙がついていて、

「お父さんと、第二の新婚気分を味わってまーす。勇気もしっかりやってね。村のみなさんによろしく」

とあった。元気そうでなによりだ。チョコはヨキがぼりぼり食った。

えーと、なんだったっけ。そうだ、正月。

班のメンバーが集まって、清一さんの家で年越ししたんだ。直紀さんも一緒だった。山太は十二時まで起きてるって言い張ったんだけど、紅白の第二部がはじまるまえには寝落ちてた。早すぎるだろ。

「山太はいつも八時に寝て、五時半に起きてるから」

と祐子《ゆうこ》さんが言った。すっげえ健康な生活で、びっくりした。まあ、まだ幼児だもんな。

びっくりといえば、独身だと思ってた巌さんに、奥さんがいたのもびっくりだ。ふだんは農協で働いているらしい。道や寄り合いで顔を見かけたことのあるおばちゃんだけど、まさか巌さんの奥さんだとは思ってなかった。

「息子は山仕事なんかいやだって言って、大阪に行ってもうてな。だからうちのひと、勇気くんが来て、えらい喜んでおるんや」

おばちゃんは、そう言ってくれた。

除夜の鐘が鳴りだしたころ、庭のほうで物音がした。ヨキの家の庭では、ノコが激しく吠えている。なんだろう、と思って座敷から表を覗くと、一枚板の大テーブルの下に、獣の目らしきものが光っている。

「なにかいますよ」

と言うと、酔っぱらったヨキが「なんやなんや」と、暗がりに目をこらした。

「タヌキやな。雪が積もって、腹減らしとるんやろ」

「ちょうどよかった」

と、みきさんが言った。「年越しそば用の天ぷらが揚がったところや。ちょっとわけてやるねぃな」

「あかん!」

と一喝したのは、三郎じいさんだ。

「なんでですか?」

「二十年ぐらいまえ、タヌキに天ぷらをやったんや。そうしたらタヌキのやつ、中毒起こして、ころっと死によった」

「えー？」

俺が疑いの眼差しを送ると、

「そうやったよな」

と、三郎じいさんは繁ばあちゃんに同意を求めた。

「そやった、そやった」

繁ばあちゃんはうなずく。「わてが揚げたフキノトウの天ぷらでしたがな」

「これは、エビのかき揚げや」

と、みきさんが大皿を示してみせる。

「問題は、天ぷらの具にはないんやないか。繁ばあちゃんが揚げた天ぷらだったから、タヌキの命が儚くなったんとちゃうか」

とヨキは言い、繁ばあちゃんに「どういう意味や」と頭をはたかれた。

「あかーん！」

三郎じいさんが、また一喝した。「天ぷら食べるとタヌキは死ぬ！」

そこまで言われたら、試すのもためらわれる。結局、祐子さんがミカンとゆで卵を庭に置いた。

山太が言うには、元日の朝、ミカンとゆで卵はきれいになくなっていたそうだ。雪のうえには小さな足跡が残っていて、赤い花をつけた藪椿《やぶつばき》が一枝、玄関先に置いてあったんだって。それはタヌキの恩返しじゃなくて、ヨキのいたずらじゃないかなあ。

三郎じいさんは、奥さんに先立たれて独り身なので、そのまま清一さんの家で元日を過ごした。俺はヨキとみきさんと繁ばあちゃんと一緒に、みそ仕立ての雑煮を食ったり、神去山の祠《ほこら》までお参りにいったりした。

千年杉に破壊された祠は、年内に新調されたんだ。四十八年に一度の大祭のたび、祠はたいがい壊れる。村のひとはそれを見越して、祠の代金をちゃんと積み立ててしてるんだって。

二日は「切り初《ぞ》め」といって、初仕事の日だ。とはいえ、本格的に仕事をするわけじゃない。山に行って、手ごろな雑木を切りだしてくる。雪が積もってるけど、そんなに奥までは入らないから、気楽な作業だ。

切りだした雑木は枝も残したまま、各々の家の庭に横たえておく。

「えーと。なんで木を庭に?」

俺は不思議に思って、巌さんに聞いてみた。

「なんでって……。なんでやろな、三郎じいさん」

「あーん?」

三郎じいさんは、雑木に清酒を振りかけるついでに、自分も飲んじゃっている。「意味なぞないんとちゃうか」

「クリスマスツリーや七夕《たなばた》みたいなもんやろ」

ノコとじゃれていたヨキが、膝を払って立ちあがった。

「横になっているけれどな」

庭に転がった切り初めの木を見下ろして、清一さんが言った。「短冊《たんざく》でも飾っておけ」

「まあ、よくわからんが、風習やな」

と、巌さんがまとめる。

神去村には、よくわからないしきたりがいっぱいある。そう言われたら、俺も納得するしかなかった。

自分ちの庭の切り初めの木に、ヨキは本当に短冊を結びつけた。「伐倒《ばっとう》一万本」とか「宵越《よいご》しの酒は飲まない（できるだけ）」とか書いてある。山太が興味深そうに、色紙《いろがみ》で作った短冊を眺めていたから、もしかしたら来年あたり、どの家の切り初めの木にも飾りがつくかもしれない。


あ、噂の山太が、呼びにきた気配がある。いつのまにか、外がずいぶん暗くなっている。そろそろ呼ばれがはじまる時間のようだ。

「おーい、勇気。清一んとこに行くで」

ヨキが大声で呼んでいる。はいはい。ヨキはせっかちだ。みきさんにいつも、「外出するには、いろいろ仕度があるんや」と怒られている。いまもきっと、繁ばあちゃんを背負って早くも土間に下り、いらいらしながら俺を待ってるんだろう。

窓から庭を覗いてみた。ノコの頭を撫でていた山太が、俺に気づいて手を振った。振り返す。今夜の呼ばれでも、きっとまた中村清一班の面々が、なにか騒動をまきおこすんだろう。でも、記録はとりあえず、ここまでにしよう。

腹も減ったし、ヨキは「はよ来い！」とうるさいし、もうすぐまた春が来て、ますます山仕事に集中しなきゃいけないしな。

俺はたぶん、このまま神去村にいると思う。林業に向いてるかどうか、まだわからない。若いひとがほとんどいない村にいて、このさきの展望が開けるかどうかも、はっきりしない。俺、直紀さんと結婚できんのかな。いくらなんでも、結婚は気が早いか。そんなふうに考えだすと、女の子がたくさんいる横浜が恋しくなったりもする。

それでも、まだまだ神去村のこと、ここに住むひとたちのこと、山のことを、知りたいって思うんだ。

たしかなのは、神去村はいままでもこれからも、変わらずここにあるってことだ。

神去村の住人は、「なあなあ」「なあなあ」って言いながら、山と川と木に包まれて毎日を過ごしている。虫や鳥や獣や神さま、神去村にいるすべての生き物と同じように、楽しく素《す》っ頓《とん》狂《きょう》にね。

気が向いたら、神去村に立ち寄ってくれ。いつでも大歓迎だ。って、だからこの記録は、だれにも見せてないいっつうの。へへ。

それじゃあ、また！

装画　金子　恵
装幀　緒方修一

謝辞

執筆に際し、多くのかたにご協力いただいた。山で経験したこと、林業と木への思いを、情熱をもって語り、ご教示くださったみなさまに、深く感謝している。

作中で事実と異なる部分があるのは、意図したものも意図せざるものも、言うまでもなく作者の責任による。

三重県環境森林部　尾鷲市水産農林課　松阪飯南森林組合　森林組合おわせ　林野庁
熊野古道センター　熊野古道おわせ　尾鷲木材市場　髙木材木店　梶本銘木店　尾鷲ひのきプレカット協同組合　尾鷲ヒノキ内装材加工協同組合　ウッドメイクキタムラ

石橋直藏さん　市川道徳さん　伊東将志さん　岩出育雄さん　大西雅幸さん　岡田勝幸さん
小倉宏之さん　小澤眞虎人さん　梶本芳太郎さん　唐澤美智子さん　北川直人さん　北村英孝さん　楠英敏さん　国田昌子さん　佐田一征さん　柴田栄一さん　杉本美春さん　須藤弘さん
髙木俊男さん　飛山龍一さん　永田信さん　沼田正俊さん　野田憲一さん　野村政美さん
福中幹夫さん　松永美穂さん　山口和昭さん　山口　力さん　吉川敏彦さん　若林哲也さん

＊主要参考文献

『プロが教える森の技・山の作法』（新島敏行・全国林業改良普及協会）
『葉・実・樹皮で確実にわかる樹木図鑑』（鈴木庸夫・日本文芸社）
『屋久島の山守《やまもり》　千年の仕事』（高田久夫　聞き書き／塩野米松・草思社）
『平成18年度　第5回　森の〝聞き書き甲子園〟聞き書き作品集』（第5回　森の〝聞き書き甲子園〟実行委員会）
『平成18年版　森林・林業白書』（編／林野庁）

本書は「本とも」二〇〇七年七月号〜二〇〇八年七月号に
掲載された作品に、加筆・修正したものです。

三浦《みうら》しをん
1976年東京生まれ。2000年書き下ろし長篇小説『格闘する者に○』でデビュー。2006年『まほろ駅前多田便利軒』で第135回直木賞受賞。小説作品に『月魚』『私が語りはじめた彼は』『むかしのはなし』『風が強く吹いている』『きみはポラリス』『仏果を得ず』『光』など、エッセイ集に『三四郎はそれから門を出た』『あやつられ文楽鑑賞』『悶絶スパイラル』『ビロウな話で恐縮です日記』など多数。

神去《かむさり》なあなあ日常

著者　三浦しをん

2009年5月31日　初刷

発行者　岩渕　徹
発行所　株式会社 徳間書店　〒105-8055　東京都港区芝大門2-2-1
電話　03-5403-4349（編集）　048-451-5960（販売）
振替　00140-0-44392
本文印刷　三晃印刷（株）
カバー印刷　真生印刷（株）
製本　大口製本印刷（株）

編集担当　国田昌子

ISBN978-4-19-862731-7